わたしのこと、好きになってください。

木爾チレン／著
花芽宮るる／イラスト

★小学館ジュニア文庫★

わたしのこと好きになってください。

Please! Love me....

もくじ

星《ほし》美《び》中《ちゅう》学《がく》の恋《れん》愛《あい》もよう

女《おんな》の子《こ》はみんな、いつか恋《こい》をする。

――わたしのこと、好《す》きになってください。

そして、そう願《ねが》わずにはいられないんだ。

第《だい》一《いち》話《わ》

凛《りん》の恋《こい》

いつも、いちばん近《ちか》くにいたのに。

どうしていまは、話《はな》しかけることもできないんだろう。

ねえ、もう一度《いちど》――、あの頃《ころ》みたいに、わたしのこと、好《す》きになってください。

♡

「桜井《さくらい》さん」

お昼休《ひるやす》み。食堂《しょくどう》でご飯《はん》を食《た》べ終《お》わって、教室《きょうしつ》に戻《もど》ってくるなり、クラスメイトの菊川楓《きくかわかえで》さんにそう呼《よ》ばれて振《ふ》り返《かえ》った。

わたしの名前《なまえ》は、桜井凛《さくらいりん》。中学二年生《ちゅうがくにねんせい》になって、もう半年《はんとし》が過《す》ぎたけれど、クラスメイトからはたいてい「委員長《いいんちょう》」か「桜井《さくらい》さん」って呼《よ》ばれています。

きっとわたしはみんなから、真面目《まじめ》な印象《いんしょう》を持《も》たれているんだと思《おも》う。

でも実際《じっさい》、その通《とお》りなのかも……。

一年生《いちねんせい》のときからクラス委員長《いいんちょう》を任《まか》されていて、この春《はる》、二年生《にねんせい》に進級《しんきゅう》してからは、先生《せんせい》に勧《すす》められて、生徒会《せいとかい》にも所属《しょぞく》した。

それに目《め》がわるいから、メガネは欠《か》かせないし、おしゃれにもうとくて、小学校《しょうがっこう》のときからずっと同《おな》じ髪型《かみがた》（黒髪《くろかみ》のふたつくくり）だ。

校則《こうそく》に従《したが》って、シャツのボタンはしっかりいちばん上《うえ》まで留《と》めてから、付属《ふぞく》のチェック柄《がら》のリボンを結《むす》ぶ。スカートは、長《なが》すぎず短《みじか》すぎず、ひざ丈《たけ》で……。

と……、そんな「優等生《ゆうとうせい》」を絵《え》に描《か》いたようなわたし。自分《じぶん》でもときどきいやになるけれど、どうしたら変《か》われるのか、わからない。

おしゃれなんて恥《は》ずかしいし、きっと似合《にあ》わない。それに、無理《むり》やり不真面目《ふまじめ》になるのもどうかと思《おも》う。

そんなわけで、わたしは「凛《りん》」なんてかわいい名前《なまえ》がまるで似合《にあ》わない、真面目《まじめ》だけが取《と》り柄《え》の女《おんな》の子《こ》です。

わたしはなんだか落《お》ち込《こ》みながら、菊川楓《きくかわかえで》さんのほうを見上《みあ》げた。

「どうしたの？」

「あのね、さっき、花岡《はなおか》くんが、桜井《さくらい》さんのことさがしてたから」

はっとした。

「あ、そっか……、忘《わす》れてた！」

お昼休《ひるやす》みに生徒会室《せいとかいしつ》に来《く》るように言《い》われていたのを、すっかり忘《わす》れていたのだ。

「菊川《きくかわ》さん、ありがとう」

ぺこりとお辞儀《じぎ》をしてから、わたしはあわてて教室《きょうしつ》を飛《と》び出《だ》した。

この星美中学《ほしびちゅうがく》では、もうすぐ文化祭《ぶんかさい》がある。だからいま生徒会《せいとかい》の活動《かつどう》がいそがしいのだ。

♡

急《いそ》いでいるといっても、廊下《ろうか》を走《はし》ってはいけない。

できるかぎりの早歩《はやある》きで生徒会室《せいとかいしつ》までたどり着《つ》くと、わたしは勢《いきお》いよく扉《とびら》を開《あ》けた。

「遅《おそ》くなってごめんなさい！」

「ああ、桜井《さくらい》くん、そんなに急《いそ》がなくても大丈夫《だいじょうぶ》だよ」

生徒会《せいとかい》の仲間《なかま》、花岡京介《はなおかきょうすけ》くんは、息《いき》を切《き》らしているわたしを見《み》て、くすりと笑《わら》う。

花岡《はなおか》くんは、同《おな》い年《どし》とは思《おも》えないくらい落《お》ち着《つ》いていて、成績《せいせき》はいつも学年《がくねん》トップ。女《おんな》の子《こ》にも密《ひそ》かに人気《にんき》がある。

「ひとつ頼《たの》みたいことがあるんだ。このプリント、少《すこ》し多《おお》いんだけど、職員室《しょくいんしつ》に持《も》っていってくれるかい？　いま、手《て》がいっぱいでね」

「はい、わかりました」

わたしはうなずいて、プリントの束《たば》を受《う》け取《と》った。

「いつも、ありがとう」

花岡《はなおか》くんはにっこりと笑《わら》う。でもそのあとすぐに真剣《しんけん》な表情《ひょうじょう》になって、文化祭《ぶんかさい》の資料《しりょう》に目《め》を通《とお》し始《はじ》めた。

花岡《はなおか》くんは、次期生徒会長《じきせいとかいちょう》だといわれている。

いつもすごくいそがしそうで、その姿《すがた》を見《み》ていると、わたしもいつまでも落《お》ち込《こ》んでいないで、がんばらなきゃいけないなって思《おも》う。

なのに……今日《きょう》みたいに、頼《たの》まれていたことも、すっかり忘《わす》れてしまう。

いつだって何《なに》をしていても、たったひとり「凛《りん》」と呼《よ》んでくれたその声《こえ》を……、太雅《たいが》くんのことを……思《おも》い出《だ》してしまうから。

♡

「はぁ……」

わたしは大《おお》きなため息《いき》とともに、花岡《はなおか》くんから受《う》け取《と》ったプリントの束《たば》を抱《かか》えて、職員室《しょくいんしつ》へと向《む》かった。

プリントは全校生徒《ぜんこうせいと》の分《ぶん》があるみたいで、ちょっと重《おも》たい。はやく運《はこ》んでしまわないと。

そう思《おも》って前《まえ》を向《む》いた瞬間《しゅんかん》、こちらに向《む》かって歩《ある》いてくるひとりの男子生徒《だんしせいと》の姿《すがた》に、わたしの視界《しかい》は、いっきに埋《う》めつくされた。

だってそれは、太雅《たいが》くんだった——。

柴咲太雅《しばさきたいが》くん——……その姿《すがた》を目《め》に入《い》れるだけで、わたしの心臓《しんぞう》は、痛《いた》いくらいに鳴《な》りだす。どくどくと、別《べつ》の生《い》き物《もの》みたいにうるさい。

廊下《ろうか》の向《む》こうから、太雅《たいが》くんがこっちに歩《ある》いてくる。

わたしは太雅《たいが》くんとすれ違《ちが》う瞬間《しゅんかん》、ぎゅっと目《め》をつむった。

でも、そんなふうに意識《いしき》をそらしてしまったせいで、抱《かか》えていたプリントが、腕《うで》のなかからばらばらとこぼれ落《お》ちていった。

全校生徒分《ぜんこうせいとぶん》のプリントが廊下《ろうか》のあちこちに散《ち》らばる。

わわ……どうしよう。三百枚《さんびゃくまい》もあるのに。

はやく拾《ひろ》わなきゃ。

お昼休《ひるやす》みが終《お》わっちゃう。

わたしは散《ち》らかったプリントに手《て》を伸《の》ばそうとして、廊下《ろうか》にひざをついた。そのとき、視界《しかい》に映《うつ》った光景《こうけい》に、一瞬《いっしゅん》、夢《ゆめ》を見《み》ているのかと思《おも》った。

だってわたしとは逆《ぎゃく》の方向《ほうこう》へ行《い》ってしまったはずの太雅《たいが》くんが、落《お》ちたプリントを拾《ひろ》い始《はじ》めてくれていたから。

もしかして……戻《もど》ってきてくれたの？　わたしはびっくりして、ほんの少《すこ》し、まるで時間《じかん》が止《と》まったみたいに、その光景《こうけい》を見《み》つめてしまった。

「ほら、何《なに》してんだ。ふたりでやれば、すぐ終《お》わるだろ」

すると太雅《たいが》くんが、目《め》を合《あ》わせないまま、ぶっきらぼうにそう言《い》った。

「う、うん」

わたしはあわててプリントに手《て》を伸《の》ばして、うなずいた。

どうか太雅《たいが》くんに、こんなにも心臓《しんぞう》がはりさけそうなくらいどきどきしているのが、きこえませんように……。


「これで全部《ぜんぶ》」

それからあっという間《ま》に、太雅《たいが》くんは、集《あつ》め終《お》わったプリントを渡《わた》してくれた。

「あ、ありがと……」

「それ生徒会《せいとかい》のやつ？」

「あ、うん、そうだよ。もうすぐ学園祭《がくえんさい》だから……」

わたしは話《はな》しかけられたことにうれしくなりながら、太雅《たいが》くんを見上《みあ》げた。

でも太雅《たいが》くんは「ふーん」と言《い》っただけで、やっぱりわたしと目《め》をあわせてくれなかった。

廊下《ろうか》には、キーンコーンカーンコーンと、お昼休《ひるやす》みの終《お》わりを知《し》らせるチャイムが鳴《な》り響《ひび》く。

「じゃ」

そして太雅《たいが》くんはまるで何《なに》ごともなかったみたいに、わたしの横《よこ》を通《とお》り過《す》ぎていく。

「あ、……うん」

うれしかった気持《きも》ちが、いっきに、かなしい気持《きも》ちに変《か》わっていく。

ねえ、どうして、こんなふうになってしまったんだろう――。

♡

一年生《いちねんせい》のとき、わたしと太雅《たいが》くんは同《おな》じクラスだった。

「ではじめに、クラス委員長《いいんちょう》を決《き》めたいと思《おも》います。だれかやりたい人《ひと》はいませんか」

入学式《にゅうがくしき》の日《ひ》、自己紹介《じこしょうかい》が終《お》わったあと、担任《たんにん》の先生《せんせい》がそう言《い》うと、まだぎこちない教室《きょうしつ》が、ますますシーンと静《しず》まり返《かえ》った。

みんな、やりたくないんだ……。

「あの……わたし、やります」

その空気《くうき》に気《き》がついて、ゆっくりと手《て》をあげた。

どうしてもやりたかったわけじゃないけど、小学校《しょうがっこう》のときからずっとクラス委員長《いいんちょう》だったから、慣《な》れていたし、いやじゃなかった。

それに……、こんなわたしが役《やく》に立《た》てるなら、うれしい。

「そう、じゃあ……えっと桜井凛《さくらいりん》さん、一年間《いちねんかん》、よろしく頼《たの》むわね」

担任《たんにん》の葉野先生《はのせんせい》は、今年《ことし》からこの学校《がっこう》に赴任《ふにん》してきたみたいで、わたしを見《み》て、ホッとした表情《ひょうじょう》を浮《う》かべている。

「はい」

わたしはうなずいた。

「さすが優等生《ゆうとうせい》の桜井《さくらい》さん、中学《ちゅうがく》になっても先生《せんせい》に気《き》に入《い》られたくて必死《ひっし》だね」

そのとき、同《おな》じ小学校《しょうがっこう》から来《き》た子《こ》たちが、ひそひそ声《ごえ》で、冷《ひ》やかすようにそう言《い》った。

なんで……そんなつもりじゃないのに……。

身体《からだ》が小《ちい》さくふるえだすなかで、「違《ちが》う……」そう声《こえ》を振《ふ》り絞《しぼ》ろうとした。

だけど、そのときだった。

「桜井凛《さくらいりん》さんに、拍手《はくしゅ》」

隣《となり》の席《せき》だった太雅《たいが》くんが、突然《とつぜん》そう言《い》って、隣《となり》のクラスまで鳴《な》り響《ひび》くような大《おお》きな拍手《はくしゅ》をした。

入学式《にゅうがくしき》で、太雅《たいが》くんをはじめて見《み》たとき、わたしは、なんだかこわそうだと思《おも》っていた。

きっとみんな、そう思《おも》っていたと思《おも》う。

あとで知《し》ったのだけど、太雅《たいが》くんのおじいさんは外国《がいこく》の人《ひと》だから、そのせいで生《う》まれつき髪色《かみいろ》がとても明《あか》るくて、それにクラスでいちばん背《せ》が高《たか》い。そして茶色《ちゃいろ》がかった切《き》れ長《なが》の目《め》は、何《なに》か獲物《えもの》を狙《ねら》っているみたいにするどい。

だから太雅《たいが》くんは学校《がっこう》の中《なか》で、いつも目立《めだ》っていた。

クラスメイトはとまどっていたけれど、ひとりまたひとりと太雅《たいが》くんのあとに続《つづ》いて、拍手《はくしゅ》を鳴《な》らしてくれた。

わたしは、教室《きょうしつ》を埋《う》めつくす拍手《はくしゅ》にどきどきしながら、横目《よこめ》でちらりと太雅《たいが》くんに視線《しせん》をくばった。

すると太雅《たいが》くんは、歯《は》をみせてニッと笑《わら》った。

心臓《しんぞう》が飛《と》び跳《は》ねる。思《おも》わず、太雅《たいが》くんから目《め》をそらしてしまった。

だって、そんなふうに男《おとこ》の子《こ》に笑顔《えがお》を向《む》けられたのは、生《う》まれてはじめてだったから……。

♡

それから三《さん》か月《げつ》が経《た》った頃《ころ》。太雅《たいが》くんはすっかり、クラスの人気者《にんきもの》になっていた。

「太雅《たいが》くんって、ちょっとこわそうだと思《おも》ってたけど、優《やさ》しいし、イケメンだよねー」

「それに、運動神経《うんどうしんけい》もいいし！　この間《あいだ》の授業《じゅぎょう》のとき、バスケめっちゃ上手《うま》かった！」

クラスの女《おんな》の子《こ》たちは、毎日《まいにち》のように騒《さわ》いでいる。

そう……太雅《たいが》くんは、こわそうに見《み》えるけれど、ほんとうは優《やさ》しい……。

〝桜井凛《さくらいりん》さんに、拍手《はくしゅ》〟

あのときもきっと──わたしのことをかばってくれた。

あーあ……ほかの女《おんな》の子《こ》みたいに、わたしも太雅《たいが》くんと仲《なか》よくなれたらいいのに──。

そう思《おも》うけれど、太雅《たいが》くんとわたしじゃ正反対《せいはんたい》すぎて……なかなかしゃべるタイミングも、話題《わだい》も、なかった。

せっかく、隣《となり》の席《せき》、なのにな……。

「はぁ……」

思《おも》わずため息《いき》をついた瞬間《しゅんかん》だった。

「桜井《さくらい》さん」

はじめて太雅《たいが》くんから、そう、声《こえ》をかけられた。

「な、何《なに》？」

わたしはびっくりしながら、太雅《たいが》くんを見上《みあ》げた。

「あのさ、放課後《ほうかご》、勉強教《べんきょうおし》えてくれない？」

「え、あっ……うんっ」

――太雅《たいが》くんに、勉強《べんきょう》……?!

突然《とつぜん》降《ふ》りかかってきた幸運《こううん》。わたしはうれしくなってすぐにうなずいた。

「よかった。じゃ、期末《きまつ》テストまでの一週間《いっしゅうかん》、よろしく」

「え?!」

一週間《いっしゅうかん》とは聞《き》いていなかった。

「約束《やくそく》、な？」

でも太雅《たいが》くんにそう笑顔《えがお》を向《む》けられれば、断《ことわ》れるはずもない。

だってわたしは――……太雅《たいが》くんと仲《なか》よくなりたいって、願《ねが》ってた。

♡

そういうわけで――七月《しちがつ》の期末《きまつ》テストまでの一週間《いっしゅうかん》、わたしは太雅《たいが》くんに、放課後《ほうかご》、教《きょう》室《しつ》に残《のこ》って勉強《べんきょう》を教《おし》えることになった。

「xが1……だから、ここは、こう」

だれもいない、静《しず》まり返《かえ》った教室《きょうしつ》に、ふたりきり。

その状況《じょうきょう》に、どうしようもなく緊張《きんちょう》しながらも、テスト勉強用《べんきょうよう》に配《くば》られた数学《すうがく》の問題集《もんだいしゅう》を指差《ゆびさ》して、わたしは言《い》う。

でも、初歩的《しょほてき》な問題《もんだい》に、太雅《たいが》くんの手《て》は完全《かんぜん》に止《と》まっている。

中間《ちゅうかん》テストの結果《けっか》が散々《さんざん》だったということは、隣《となり》の席《せき》だったから知《し》っていたけど、ここまでとは……。

「太雅《たいが》くん……授業《じゅぎょう》、きいてた……？」

ちょっと心配《しんぱい》になってきて、わたしはきいた。

「うーん……あんまきいてなかった……」

すると太雅《たいが》くんは、わざとらしく遠《とお》くのほうを見《み》つめて、そう答《こた》えた。

「ダメだよ……、ちゃんと授業《じゅぎょう》きかなくちゃ……」

「だって、桜井《さくらい》さんの横顔《よこがお》ばっか見《み》てたから」

太雅《たいが》くんがいたずらっぽく微笑《ほほえ》む。

その瞬間《しゅんかん》、心臓《しんぞう》が、どくんと大《おお》きな音《おと》を立《た》てた。

いつも授業《じゅぎょう》に集中《しゅうちゅう》しているから、見《み》られていたなんて、知《し》らなかった。どうしよう。冗談《じょうだん》かもしれないけど――、きっと、冗談《じょうだん》だろうけれど――……恥《は》ずかしい。

「えっ……えっとっ。きょ、今日《きょう》はここまでっ……。今日《きょう》の分《ぶん》の復習《ふくしゅう》と、明日《あした》の分《ぶん》、予習《よしゅう》してきてね」

どう、返事《へんじ》していいのかわからない。

わたしは動揺《どうよう》して、いてもたってもいられなくて、どきどきして少《すこ》しだけふるえる手《て》で、シャープペンシルと消《け》しゴムをペンケースにしまってカバンに入《い》れると、急《いそ》いで席《せき》を立《た》った。

「じゃあわたし、帰《かえ》る」

これ以上《いじょう》ふたりきりでいると、心臓《しんぞう》がもたない。それにもうすぐ放課後《ほうかご》も終《お》わる時間《じかん》だった。

「待《ま》って、家《いえ》まで送《おく》るよ」

「えっ？」

「だって、俺《おれ》のために遅《おそ》くまで残《のこ》ってくれたんじゃん」

「……それは、そうだけど……太雅《たいが》くんち、たしか反対方向《はんたいほうこう》……」

「さ、行《い》こ」

そう言《い》って、太雅《たいが》くんは立《た》ち上《あ》がると、半《なか》ば強引《ごういん》にわたしの手首《てくび》をつかんだ。わたしとは違《ちが》う、大《おお》きくて、あたたかい手《て》。

わたしが雨《あめ》だとしたら——太雅《たいが》くんは、太陽《たいよう》みたい。

憧《あこが》れていたその手《て》に引《ひ》かれながら、わたしはそう思《おも》った。

♡

帰《かえ》り道《みち》。空《そら》を埋《う》めつくす夕日《ゆうひ》がきれい。まるで、オレンジ色《いろ》の絵《え》の具《ぐ》のなかにいるみたい。

コンクリートの地面《じめん》には、大《おお》きな影《かげ》と小《ちい》さな影《かげ》がふたつ並《なら》んでいる。

太雅《たいが》くんは、わたしよりも十五《じゅうご》センチは背《せ》が高《たか》い。見上《みあ》げて、その整《ととの》った顔立《かおだ》ちに、つい見《み》ほれてしまう。

——太雅《たいが》くんが……、好《す》き。

こうしてふたりきりで歩《ある》いていると、どうしようもなく、そう感《かん》じる。

でも……わたしはいつの間《ま》に、太雅《たいが》くんのことを好《す》きになったんだろう……？

わからないけど、恋《こい》っていうのはきっと、そういうものなのかもしれない。

「期末《きまつ》テスト、赤点《あかてん》にならないように、がんばろうね」

だけどわたしと太雅《たいが》くんじゃ、つりあわない。そんなふうに話《はな》しかけるのが精《せい》いっぱいだ。

「うん」

太雅《たいが》くんはわたしの言葉《ことば》にうなずいて、こっちを向《む》いた。

「もしさ、ひとつでも満点《まんてん》だったら、ご褒美《ほうび》くれる？」

「ご褒美《ほうび》って……？」

「俺《おれ》、桜井《さくらい》さんがメガネ外《はず》したとこ、見《み》たい」

——メガネ?!

どうして、そんなのが見《み》たいんだろう。混乱《こんらん》しながらも、わたしはうなずいた。

「え……あ、うん」

「じゃあ、約束《やくそく》」

「うん。でも……このままだと、たぶん無理《むり》、だよ……？」

「うっ。んな薄情《はくじょう》なこと言《い》うなよ。桜井《さくらい》さんに教《おし》えてもらったら、がんばれると思《おも》うし。

つうか、がんばる」

「あ、ごめん……じゃあ、わたしも、先生《せんせい》がんばる……！」

「おう、よろしくお願《ねが》いします」

太雅《たいが》くんが、笑《わら》う。なんだかおかしくなってきて、わたしも笑《わら》っていた。

それから家《いえ》に着《つ》くまでに何《なに》を話《はな》したのか、緊張《きんちょう》していたから、あんまり覚《おぼ》えていない。

でも、すごくたのしくて……、ずっとこうして、太雅《たいが》くんとふたりで、この夕日《ゆうひ》のなかを歩《ある》いていたいって、そう願《ねが》っていた。

♡

それから一週間《いっしゅうかん》、そんな毎日《まいにち》が続《つづ》いた。

放課後《ほうかご》が待《ま》ち遠《どお》しかった。太雅《たいが》くんに勉強《べんきょう》を教《おし》えて、そのあとは一緒《いっしょ》に帰《かえ》りながら、なんでもないことを、たくさん話《はな》した。

太雅《たいが》くんと話《はな》すたびに「好《す》き」がふくらんでいくのを、わたしは感《かん》じていた。

でも期末《きまつ》テストが始《はじ》まると、そんな日々《ひび》はうそみたいに消《き》えてしまった。

あれだけ毎日《まいにち》しゃべっていたのが、夢《ゆめ》みたい。というかほんとうに、夢《ゆめ》だったのかも
……。

せっかく仲《なか》よくなれた気《き》がしたけど、太雅《たいが》くんは……わたしに勉強《べんきょう》を教《おし》えてほしかっただけで、一緒《いっしょ》に帰《かえ》ってくれたのも、遅《おそ》くまで残《のこ》っていたから……きっと、それだけ。

なんだか、さみしいな――。

少《すこ》し切《せつ》なくなりながらも、わたしも期末《きまつ》テストに集中《しゅうちゅう》した。

いつもよりも簡単《かんたん》に思《おも》えたのは、きっと太雅《たいが》くんと一緒《いっしょ》に勉強《べんきょう》したから。わかりやすく
太雅《たいが》くんに教《おし》えるために、いつもよりも、いっぱい勉強《べんきょう》したからだ。

ねえ太雅《たいが》くん――もっと話《はな》したいよ。

♡

すべてのテストが終《お》わって、答案用紙《とうあんようし》が返《かえ》される日《ひ》になった。

結果《けっか》は全教科《ぜんきょうか》九十点台《きゅうじってんだい》で、「さすがね」と先生《せんせい》からもほめられた。

太雅《たいが》くんは、どうだったかな。おそるおそる隣《となり》の席《せき》を見《み》る。太雅《たいが》くんは真剣《しんけん》な面持《おもも》ちで、テスト用紙《ようし》を見《み》つめていたけど点数《てんすう》までは見《み》えなかった。

太雅《たいが》くんがわたしの視線《しせん》に気《き》がついた。

あ。少《すこ》し恥《は》ずかしくなった瞬間《しゅんかん》、太雅《たいが》くんはこちらに上半身《じょうはんしん》を寄《よ》せて、だれにも気《き》づかれないように、こそっと耳打《みみう》ちをした。

「放課後《ほうかご》、屋上《おくじょう》に来《き》て」

なんだろう。テストの結果《けっか》、かな……？

「うん」

どきどきしながら、わたしはうなずいた。

♡

放課後《ほうかご》、屋上《おくじょう》へ行《い》くと、太雅《たいが》くんが待《ま》っていた。その姿《すがた》を目《め》に入《い》れるだけで、この胸《むね》はあわただしくなる。

屋上《おくじょう》には、始《はじ》まったばかりの夏《なつ》からこぼれてくる、あたたかい風《かぜ》が吹《ふ》いている。

「屋上《おくじょう》ってはじめて来《き》たけど、気持《きも》ちいいね……」

「だな。まあ、俺《おれ》もはじめて来《き》たんだけど」

「そう、なの？」

わたしはびっくりした。太雅《たいが》くんと屋上《おくじょう》は、なんだかすごく、似合《にあ》っていたから。

「まあ、来《く》る用事《ようじ》もないし。でも今日《きょう》は、特別《とくべつ》だから」

太雅《たいが》くんは、部活中《ぶかつちゅう》の生徒《せいと》の声《こえ》が飛《と》び交《か》うグラウンドを見《み》つめながら言《い》う。

——特別《とくべつ》……？

どういう、ことだろう。わたしは一層《いっそう》どきどきしながら、太雅《たいが》くんと同《おな》じようにグラウンドを見《み》つめた。サッカーボールを追《お》いかけている生徒《せいと》たちが、おもちゃみたいに小《ちい》さい。

「あのさ……約束《やくそく》、覚《おぼ》えてる？」

〝俺《おれ》、桜井《さくらい》さんがメガネ外《はず》したとこ、見《み》たい〟

心《こころ》のなかに、はじめて一緒《いっしょ》に帰《かえ》った日《ひ》に言《い》われたことが、よみがえる。

「覚《おぼ》えてるよ？」

「よかった。じゃあさ、これ見《み》て」

太雅《たいが》くんはやわらかく笑《わら》い、ポケットから答案用紙《とうあんようし》を取《と》りだして、わたしに見《み》せた。

そこには、100点《てん》の赤《あか》い文字《もじ》。

「すごい……！」

「だろ」

太雅《たいが》くんは、何《なに》やら誇《ほこ》らしげだ。でもわたしは、あることに気《き》がついた。

「でも……あれ？　これ……保健体育《ほけんたいいく》だよ。わたし、教《おし》えてない」

わたしが教《おし》えたのは、国語《こくご》と数学《すうがく》と英語《えいご》と理科《りか》と社会《しゃかい》だ。

「な！　なんでもいいだろ?!　満点《まんてん》は満点《まんてん》なんだから！」

「そ、そっか……そうだね！」

「そうだよ。それに赤点《あかてん》もなかったんだぜ」

「ほんとに……？」

「おう。桜井《さくらい》さんのおかげ、だな」

太雅《たいが》くんは優《やさ》しく笑《わら》って、わたしのあたまをぽんぽんと叩《たた》く。そんなふうに言《い》ってもらえただけで、胸《むね》がいっぱいだった。

ちょっと泣《な》きそうになっていると、

「……じゃ、ご褒美《ほうび》くれる？」

太雅《たいが》くんが、わたしの顔《かお》をのぞき込《こ》んで言《い》った。

——あ、メガネ……。

「あ、うん……。でもわたし、メガネ外《はず》すと、太雅《たいが》くんの顔《かお》、よく見《み》えないかも……」

「大丈夫《だいじょうぶ》。俺《おれ》が見《み》えれば、いいよ」

「……？」

でも、どうして、こんなことがご褒美《ほうび》になるんだろう。わからないけれど、太雅《たいが》くんに言《い》われるがまま、ゆっくりとメガネを外《はず》した。まるで霧《きり》に包《つつ》まれていくみたいに、太雅《たいが》くんの顔《かお》が、ぼやけていく。

「うわ……ヤバい」

そうつぶやく、太雅《たいが》くんの声《こえ》がきこえてくるだけだ。

「……ど、どういうこと?!　そんなに変《へん》、かな……」

「いや、違《ちが》う。変《へん》じゃない。かわいすぎるってこと」

——かわいい?!

思《おも》いもよらない言葉《ことば》に、わたしは顔《かお》が真《ま》っ赤《か》になった。恥《は》ずかしくなって、急《いそ》いでメガ

ネをかけると、太雅《たいが》くんは、わたしの顔《かお》をじっと見《み》つめていた。

「あ、せっかくかわいかったのに」

「うそ……」

「ほんとうだって。まあ、メガネかけてても、かわいいけど」

「そんなこと、ないよ……」

「そんなことあるよ」

そんな、いつもとは違《ちが》うやり取《と》りに、わたしは緊張《きんちょう》して、何《なに》も言《い》えなくなってしまう。

「つうか今日《きょう》は言《い》いたいことがあって」

でも見上《みあ》げると、太雅《たいが》くんの頬《ほお》も、わたしと同《おな》じように、ほんのりと赤《あか》くなっていた。

「何《なに》……？」

太雅《たいが》くんの切《き》れ長《なが》の目《め》が、じっとわたしを射《い》る。

メガネをかけているから、太雅《たいが》くんの表情《ひょうじょう》が、よく見《み》える。

あのときわたしは、これから何《なに》を言《い》われるのか、きっと知《し》っていた。

だからあんなにも、どきどきしていたのだ。

わたしは、太雅《たいが》くんの顔《かお》をまっすぐに見《み》つめ返《かえ》して、息《いき》をのんだ。

「俺《おれ》の……彼女《かのじょ》になって」

どくん、と、心臓《しんぞう》が鳴《な》る。はりさけそうなくらい、大《おお》きく。

きっと、わたしは、その言葉《ことば》を待《ま》っていた。

ふたりで勉強《べんきょう》しながら、一緒《いっしょ》に帰《かえ》りながら、両想《りょうおも》いだったらいいなって、毎日《まいにち》そう、思《おも》っていた。

「……うん」

わたしはうなずいた。

「マジで?!」

太雅《たいが》くんは、うれしそうに声《こえ》を張《は》り上《あ》げた。

「うん」

だけどきっと、太雅《たいが》くんの何十倍《なんじゅうばい》も、わたしのほうが、うれしかった。

「うわ、すげぇうれしい……。じゃあ今日《きょう》から、よろしく……な?」

それから太雅《たいが》くんは、ほんとうにうれしそうに、ニッと歯《は》を見《み》せて笑《わら》った。わたしは、その太雅《たいが》くんの顔《かお》が、大好《だいす》きだった。

♡

次《つぎ》の日《ひ》から、夏休《なつやす》みになった。

いつもみたいに学校《がっこう》で会《あ》えないせいもあって、わたしはまだ信《しん》じられない気《き》持《も》ちで、宿《しゅく》題《だい》やお母《かあ》さんのお手伝《てつだ》いをしながら毎日《まいにち》を過《す》ごしていた。

わたしほんとうに、太雅《たいが》くんの彼女《かのじょ》になれたのかな……？

二週間前《にしゅうかんまえ》に屋上《おくじょう》で告白《こくはく》されたときのことを、わたしは何回《なんかい》も思《おも》い出《だ》している。

でもあれから一度《いちど》も太雅《たいが》くんに会《あ》っていない。

会《あ》いたいな……。

そう思《おも》っていたとき、スマホにメッセージが届《とど》いた。

メッセージを開《あ》け、わたしは思《おも》わず「キャー」と叫《さけ》んだ。

《今日《きょう》の夜《よる》、星美神社《ほしびじんじゃ》でお祭《まつ》りあるんだけど、ふたりで行《い》かない？☺》

だってそれは——太雅《たいが》くんからのデートの誘《さそ》いだった。

《うん、行《い》きたい》

わたしはすぐに返事《へんじ》をだした。太雅《たいが》くんと同《おな》じように、絵文字《えもじ》とか、つけたほうがよかったかも。そう思《おも》ったけど、もう送《おく》ってしまったあとだった。

《じゃあ、六時《ろくじ》に星美神社《ほしびじんじゃ》で。待《ま》ってる☺》

どうしよう。うれしくて、たまらない。わたしはスマホをぎゅっと握《にぎ》り締《し》める。学校《がっこう》の外《そと》でも、夏休《なつやす》みでも、太雅《たいが》くんに会《あ》えるなんて思《おも》ってもみなかった。

♡

星美神社《ほしびじんじゃ》に着《つ》くと、太雅《たいが》くんはもう、待《ま》っていた。

わたしはある事情《じじょう》があって、少《すこ》し遅《おく》れてしまったから、

「遅《おく》れてごめんね」

急《いそ》いで太雅《たいが》くんにかけ寄《よ》った。

太雅《たいが》くんは息《いき》を切《き》らしているわたしの姿《すがた》を見《み》て、少《すこ》しびっくりした顔《かお》をしている。

「だれかと思《おも》った……」

「ごめん……。お母《かあ》さんが着《き》ていきなさいって言《い》うから……」

三十分前《さんじっぷんまえ》のこと。夏祭《なつまつ》りに行《い》ってくるね――そう言《い》うと、お母《かあ》さんが「凛《りん》、あなた洋服《ようふく》で行《い》くつもりなの?! 女《おんな》の子《こ》は絶対《ぜったい》の絶対《ぜったい》に、浴衣《ゆかた》を着《き》ていかなきゃダメよ!」と、強引《ごういん》に引《ひ》き止《と》めた。

「これ、お母《かあ》さんが昔着《むかしき》ていた浴衣《ゆかた》。お気《き》に入《い》りだったのよ」

そして、鼻歌《はなうた》を口《くち》ずさみながら、紺地《こんじ》に蝶々《ちょうちょ》の模様《もよう》が描《えが》いてある浴衣《ゆかた》を着《き》せてくれた。

髪《かみ》の毛《け》は時間《じかん》もなかったし、いつものようにふたつにくくったままだけど、なんだか違《ちが》う自分《じぶん》みたいで、恥《は》ずかしい。

「いや、いい意味《いみ》で。浴衣《ゆかた》……、すげぇ似合《にあ》ってる」

だけど太雅《たいが》くんがそう言《い》ってくれたから、着《き》てきてよかった……。

「じゃ、行《い》こうか」

それから太雅《たいが》くんは、あたりまえのように、わたしに、手《て》を差《さ》し伸《の》べた。

――え……、うそ。

この手《て》を、つかんでも、いいの……？

どきどきしながら、わたしはそっと手《て》を伸《の》ばす。

そのときだった。

「あ、太雅《たいが》だー！　何《なに》してんのー？」

ひとりの女《おんな》の子《こ》が、声《こえ》をかけてきた。きれいな栗色《くりいろ》の長《なが》い髪《かみ》の毛《け》に映《は》えるピンクの浴衣《ゆかた》を着《き》た、かわいい女《おんな》の子《こ》。気《き》のせいかもしれないけれど、周《まわ》りの人《ひと》たちがざわめいている気《き》がした。

「あ、くるみ……」

太雅《たいが》くんは、ちょっと気《き》まずそうな顔《かお》を浮《う》かべる。

「あれー……？　その子《こ》、だれ？」

女《おんな》の子《こ》は、わたしのことをのぞき込《こ》む。

「秘密《ひみつ》」

けれど太雅《たいが》くんは、そうかわすと、こっちを見《み》てにやりと笑《わら》った。

そして、わたしの手《て》を握《にぎ》って、その女《おんな》の子《こ》から逃《に》げるように、境内《けいだい》のほうへかけだした。

「凛《りん》、こっち！」

——凛《りん》……?!

いつも太雅《たいが》くんからは、桜井《さくらい》さんって呼《よ》ばれていた。そんなふうに、呼《よ》びすてにされたのは、はじめてで、わたしはまた夢《ゆめ》のなかにいるみたいな心地《ここち》で、太雅《たいが》くんの背中《せなか》を見《み》つめながら、走《はし》った。

♡

どこからか吹奏楽《すいそうがく》の演奏《えんそう》がきこえてくる。

この歌知《うたし》ってる。音楽室《おんがくしつ》の前《まえ》を通《とお》りかかったとき、同《おな》じクラスの柄本結《えもとゆい》さんがいっしょうけんめい練習《れんしゅう》していた曲《きょく》だ。ずっと習《なら》ってたのかもしれないけど、すごくきれいな音《おと》だった……。

もしかして星美中学《ほしびちゅうがく》の人《ひと》たちが演奏《えんそう》しているのかな?

わたしは耳《みみ》の中《なか》に入《はい》りこんでくる音楽《おんがく》をこっそりききながら、走《はし》った。

そしてしばらく走《はし》ってたどり着《つ》いたのは、人気《ひとけ》のない、神社《じんじゃ》のかなり奥《おく》にある大《おお》きな泉《いずみ》のそばだった。

「はぁ……はぁ……太雅《たいが》くん、足《あし》、はやいよ」

「ごめん。ふたりだけで、花火《はなび》、見《み》たかったから」

――花火《はなび》……？

そのとき、バァンッ！と、大《おお》きな花火《はなび》の打《う》ちあがる音《おと》がした。

「ほら、見《み》て」

太雅《たいが》くんは、目《め》の前《まえ》の泉《いずみ》を指差《ゆびさ》す。すると泉《いずみ》のなか一面《いちめん》に、花火《はなび》が降《ふ》っていた。空《そら》の花《はな》火《び》が反射《はんしゃ》して、泉《いずみ》に映《うつ》り込《こ》んでいたのだ。

「わあ……！」

「すごいだろ。ここ、特等席《とくとうせき》だから」

「うん、すごい……！　映画《えいが》、みたい」

わたしははしゃぎながら、次々《つぎつぎ》に泉《いずみ》に映《うつ》り込《こ》む花火《はなび》を見《み》つめた。

「凛《りん》がよろこんでくれて、よかった」

「ねえ……。太雅《たいが》くん……名前《なまえ》……」

「ああ……、だって凛《りん》は、桜井《さくらい》さんよりも、凛《りん》って感《かん》じだから。ダメか？」

「ううん……。名前《なまえ》で呼《よ》ばれたのはじめてだから……うれしい」

「そっか、じゃあこれから、何度《なんど》でも、呼《よ》ぶ」

太雅《たいが》くんが、笑《わら》う。

「ねえ太雅《たいが》くん……」

「何《なに》？」

――好《す》き。

「ありがとう」

そう言《い》いたかったけど、恥《は》ずかしくて、言《い》えなかった。

♡

次《つぎ》の日《ひ》から、太雅《たいが》くんはご両親《りょうしん》の都合《つごう》で、外国《がいこく》へ帰省《きせい》してしまった。でもインターネットはつうじるみたいで、毎日《まいにち》メッセージをくれた。

遠《とお》くはなれていても、太雅《たいが》くんとつながっているだけで、わたしはしあわせな気持《きも》ちになった。

好《す》きな人《ひと》がわたしのことを考《かんが》えてくれている。それは、奇跡《きせき》みたいだった。

♡

夏休《なつやす》みの最終日《さいしゅうび》――太雅《たいが》くんからメッセージが届《とど》いた。
《おはよ。いま、帰《かえ》ってきた☺　あのさ、いまから海《うみ》、行《い》かない？》
《うん、海《うみ》、行《い》きたい！》
少《すこ》しはなれた街《まち》には、海《うみ》がある。それは十三歳《じゅうさんさい》のわたしにとっては遠《とお》くて、幻《まぼろし》みたいな場所《ばしょ》だった。
でも太雅《たいが》くんは、王子様《おうじさま》みたいにわたしの手《て》を引《ひ》いて、そこに連《つ》れていってくれる。

「凜《りん》、久《ひさ》しぶり」

三週間《さんしゅうかん》ぶりに見《み》る太雅《たいが》くんの姿《すがた》に、胸《むね》がときめく。

「太雅《たいが》くん、おかえり」

「うん、ただいま」

でもそれ以上《いじょう》に、なんだか照《て》れくさくて、わたしたちは、心《こころ》をほぐすみたいに笑《わら》い合《あ》った。

それからふたりで、電車《でんしゃ》に乗《の》った。

家族以外《かぞくいがい》と、電車《でんしゃ》に乗《の》ってどこかへ出《で》かけるのなんて、はじめてだった。

電車《でんしゃ》のなかで、太雅《たいが》くんはそっとわたしの手《て》に、手《て》を重《かさ》ねた。

緊張《きんちょう》しているせいで、手《て》が汗《あせ》ばんでいて、恥《は》ずかしい。でもその太陽《たいよう》みたいな手《て》を、はねのけることなんて、できなかった。


電車《でんしゃ》に揺《ゆ》られて一時間半《いちじかんはん》。

砂浜《すなはま》に降《お》り立《た》って、目《め》の中《なか》に広《ひろ》がる海《うみ》は、陽《ひ》の光《ひかり》に照《て》らされて、宝石《ほうせき》を集《あつ》めたみたいに、きらきらしていた。

「……きれい」

でもこんなふうに感動《かんどう》するのは、きっと、隣《となり》に太雅《たいが》くんがいるから。

「ずっとこのまま時間《じかん》が止《と》まればいいのに」

おだやかな波《なみ》を見《み》つめながら、わたしは思《おも》わずつぶやいていた。

でも数秒後《すうびょうご》、自分《じぶん》の発言《はつげん》にはっとして、きゅうに恥《は》ずかしくなる。

「な……なんちゃって」

わたしはうつむいた。顔《かお》が真《ま》っ赤《か》になってしまう。するど、ふわりと身体《からだ》を抱《だ》きしめられた。太雅《たいが》くんの体温《たいおん》が伝《つた》わってくる。それは、この夏《なつ》の終《お》わりの空気《くうき》よりもあたたかい。

「凛《りん》、大好《だいす》きだよ」

耳元《みみもと》に降《ふ》ってくる、宝物《たからもの》みたいな言葉《ことば》。

「……うん」

こうして一緒《いっしょ》にいるだけで、心《こころ》があったかくなっていく。太雅《たいが》くんと出会《であ》えて、よかった。生《う》まれてきて、よかった。わたしは心《こころ》から、そう感《かん》じていた。

♡

でも二年生《にねんせい》になって——、わたしと太雅《たいが》くんの距離《きょり》は、だんだんと離《はな》れていった。

わたしは先生《せんせい》に勧《すす》められて生徒会《せいとかい》に入《はい》り、そして太雅《たいが》くんは、ずっと勧誘《かんゆう》されていたバスケットボール部《ぶ》に入《はい》った。

一年生《いちねんせい》のときから、太雅《たいが》くんは抜群《ばつぐん》に運動神経《うんどうしんけい》がよくて、試合《しあい》が近《ちか》づくと、どの部活《ぶかつ》からも勧誘《かんゆう》されていた。けれどなぜだか、部活《ぶかつ》には入《はい》っていなかった。

部活《ぶかつ》に入《はい》ったら、わたしと一緒《いっしょ》に帰《かえ》れなくなることを、太雅《たいが》くんは、気《き》にしてくれていたのかもしれない。

なのにわたしは、そんなことも考《かんが》えずに、生徒会《せいとかい》に入《はい》ってしまった——……。

それでも週《しゅう》に一度《いちど》はかならず、待《ま》ち合《あ》わせをして、一緒《いっしょ》に帰《かえ》った。

「花岡《はなおか》くんは、次期生徒会長《じきせいとかいちょう》でね……」

「生徒会《せいとかい》の話《はなし》ばっか、もういいよ」

「……あ、ごめん」

どうしてだろう——……クラスが離《はな》れたからかもしれない。

もともと話《はな》すのが得意《とくい》じゃないのもあるけれど、わたしは前《まえ》みたいに、太雅《たいが》くんとうまく話《はな》せなくなっていた。

「太雅《たいが》くんは、部活《ぶかつ》、どう……?」

「べつに、普通《ふつう》」

というか、いつも太雅《たいが》くんが話《はな》してくれたから、わたしは笑《わら》っているだけでよかった。

だけど、この頃《ごろ》の太雅《たいが》くんは、どこか不機嫌《ふきげん》で、口数《くちかず》も少《すく》ない。

勝手《かって》に生徒会《せいとかい》に入《はい》ったりしたから……──怒《おこ》っているのかな……。

「そっか……」

それに近頃《ちかごろ》は、手《て》もつないでくれない。

わたしからも、手《て》をつなぐことは、できなかった。


沈黙《ちんもく》が続《つづ》くなか、太雅《たいが》くんはいつも通《どお》り、わたしの家《いえ》の前《まえ》まで送《おく》ってくれた。

「また明日《あした》な」

いつもは、そう言《い》ってあたまをなでてくれる。だけどその日《ひ》の太雅《たいが》くんは、目《め》もあわせてくれなかった。

──わたしが、つまらない話《はなし》ばかりしたから？

ちゃんと、謝《あやま》らなきゃ……勝手《かって》に生徒会《せいとかい》に入《はい》ったことも……。

わたしは口《くち》をひらいた。

「あの……太雅《たいが》くん、」

でも、その声《こえ》はさえぎられた。

「俺《おれ》さ、凛《りん》の考《かんが》えてること、わからない」

そして太雅《たいが》くんは、冷《つめ》たくそう言《い》った。

「え……あ、ごめんね、つまらない話《はなし》ばっかりしちゃって」

わたしはあわてて、言《い》った。でももう、遅《おそ》かった——。

「あのさ……もう、終《お》わりにしよ」

「……え？」

「じゃあ、な」

偶然《ぐうぜん》だろうか——その日《ひ》は、一年前《いちねんまえ》はじめて一緒《いっしょ》に帰《かえ》ったあの日《ひ》とおなじ、オレンジ色《いろ》の空《そら》だった。そのなかを、太雅《たいが》くんが走《はし》り去《さ》っていく。

いやだ。行《い》かないで。

そう心《こころ》のなかで叫《さけ》んだのに、わたしは何《なに》も言《い》うことができなかった。

♡

それから三《さん》か月《げつ》の月日《つきひ》が経《た》った。

放課後《ほうかご》、わたしは今日《きょう》も、生徒会室《せいとかいしつ》で明日《あした》の文化祭《ぶんかさい》の準備《じゅんび》に追《お》われている。

「はぁ……」

太雅《たいが》くんがいない一日《いちにち》は、どうしてこんなに長《なが》いんだろう。一緒《いっしょ》にいたときは、永遠《えいえん》に時間《じかん》が止《と》まってほしいくらい、一日《いちにち》があっという間《ま》にすぎていったのに。

目《め》をつむれば、放課後《ほうかご》の教室《きょうしつ》で勉強《べんきょう》したこと、神社《じんじゃ》の泉《いずみ》に映《うつ》った花火《はなび》、きらきらと凪《な》いでいた海《うみ》が、浮《う》かんでくる。

太雅《たいが》くんは、ぜんぶ忘《わす》れちゃったのかな。

それに近頃《ちかごろ》は、太雅《たいが》くんが、バスケ部《ぶ》のマネージャーの女《おんな》の子《こ》……栗田《くりた》くるみさんと、よく一緒《いっしょ》にいるのを見《み》かける。夏祭《なつまつ》りで、太雅《たいが》くんに声《こえ》をかけていた女《おんな》の子《こ》だ。

ふたりは二年生《にねんせい》になって、同《おな》じクラスになった。

栗田《くりた》さんはかわいくて、すごくおしゃれで……わたしは知《し》らなかったけれど、読者《どくしゃ》モデルをしていて、たまに雑誌《ざっし》に載《の》っていたりするらしい。

夏祭《なつまつ》りで騒《さわ》がれていたのも、そのせいなんだろう。

わたしなんか手《て》が届《とど》かない、きらきらした存在《そんざい》。

栗田《くりた》さんはいつも明《あか》るくて人気者《にんきもの》で——、太雅《たいが》くんと、よく似《に》ている。


「どうしてあのふたり、付《つ》き合《あ》っているの？」

太雅《たいが》くんと付《つ》き合《あ》っているとき、よくそんな声《こえ》がきこえてきた。

きっと……、あのふたりなら、そんなことは言《い》われないんだろう。

もしかして――付《つ》き合《あ》っているのかな……？

そんなこと、考《かんが》えたくない。だけど近頃《ちかごろ》はいつも一緒《いっしょ》にいるし、いやな考《かんが》えばかりがあたまを過《よぎ》る。

もしかして、わたしとさよならしたのも、栗田《くりた》さんのことが好《す》きになったから……？

わたしは、涙《なみだ》がでてきそうなのを、ぐっとこらえた。

「桜井《さくらい》くん、具合《ぐあい》でもわるいのかい？」

いつの間《ま》にか花岡《はなおか》くんが、わたしの顔《かお》をのぞき込《こ》んでいた。

「あ……いえ、大丈夫《だいじょうぶ》です！」

わたしはなんとか、平静《へいせい》を装《よそお》った。

「ならいいが……。何《なに》かあったら言《い》うんだよ」

「はい」

花岡《はなおか》くんはいつも優《やさ》しい。それにかっこうよくて、勉強《べんきょう》もできる。

でも、わたしのあたまに浮《う》かぶのは、太雅《たいが》くんのことばかりだ。

「それと頼《たの》みたいことがあってね、わるいけれど二組《にくみ》に行《い》って、このプリントをなおしてもらってきてくれないか？　ここ、字《じ》が間違《まちが》っているんだ」

――二組《にくみ》……。

太雅《たいが》くんのクラスだ。そしてプリントに書《か》かれているのは、太雅《たいが》くんの字《じ》だった。

「はい、わかりました」

少《すこ》し重《おも》い気持《きも》ちで、花岡《はなおか》くんから渡《わた》されたプリントを手《て》に、わたしは二組《にくみ》へと向《む》かった。

♡

そういえば――太雅《たいが》くんのクラスは、文化祭《ぶんかさい》でオバケ屋敷《やしき》をすると、女《おんな》の子《こ》たちが騒《さわ》いでいた。

二組《にくみ》の前《まえ》に着《つ》くと、もうずいぶん準備《じゅんび》は進《すす》んでいた。オバケ屋敷《やしき》の完成度《かんせいど》に、わたしはびっくりしながら、教室《きょうしつ》をのぞき込《こ》んだ。

すると、栗田《くりた》くるみさんと、ぱちりと目《め》があった。

「あれー、桜井《さくらい》さん、どうしたの？　太雅《たいが》に会《あ》いに来《き》たの？」

ふふ、と栗田《くりた》さんが笑《わら》う。

「あ……えっと、このプリント間違《まちが》っているから、訂正《ていせい》してほしくて……」

「わかったー！　ちょっと待《ま》ってねえ」

栗田《くりた》さんはきらきらしたピンクのペンを持《も》ってくると、きれいな字《じ》で、間違《まちが》いをなおした。

「はい、これでいいー？」

「あ、うん。たぶん大丈夫《だいじょうぶ》だと思《おも》う」

栗田《くりた》さんの大《おお》きな目《め》に見《み》つめられると、かわいくてどきりとしてしまう。太雅《たいが》くんが好《す》きになるのも、しょうがない。落《お》ち込《こ》んで、どうしようもなくなるまえに、はやく帰《かえ》ろう。

そう思《おも》っていると、栗田《くりた》さんが、帰《かえ》さないといわんばかりに、わたしの腕《うで》を組《く》んだ。

「ねえねえ、桜井《さくらい》さんのクラスは、メイドカフェするんでしょー？　いいなーかわいくてー」

「あ……うん、そう。栗田《くりた》さんのクラスは……オバケ屋敷《やしき》なんだね」

距離《きょり》の近《ちか》さにとまどいながらも、わたしは答《こた》えた。栗田《くりた》さんからは、ふんわりといい匂《にお》いがする。

「そうなの！　オバケ屋敷《やしき》、太雅《たいが》が考《かんが》えたんだよ。すごいでしょ？」

栗田《くりた》さんははしゃぎながら、オバケ屋敷《やしき》の看板《かんばん》を指差《ゆびさ》す。

「あ、うん……すごくて、見《み》とれちゃった」

「だよね！　太雅《たいが》って、みんなの中心《ちゅうしん》でね、バカだけど、いろいろ考《かんが》えてるんだよ？」

「うん……」

知《し》っている。いつだって太雅《たいが》くんはだれよりも、みんなのこと、考《かんが》えているってこと。

だっていつも、かばってくれた。いつも、たのしませてくれた。

〝桜井凛《さくらいりん》さんに、拍手《はくしゅ》〟

あのときも。

〝すごいだろ。ここ、特等席《とくとうせき》だから……凛《りん》がよろこんでくれて、よかった〟

あのときも。

〝――凛《りん》、大好《だいす》きだよ〟

太雅《たいが》くんはいつも、優《やさ》しく笑《わら》って、わたしにそう言《い》ってくれた。

そのたびに、わたしはうなずいた。

そうだ……。わたしはいつも、恥《は》ずかしくて、うなずくことしかできなかった。

大好《だいす》き、太雅《たいが》くん。

心《こころ》のなかでは、いつも、そう思《おも》っていたのに――。

どうしよう――……わたし……一度《いちど》も、太雅《たいが》くんに、好《す》きって言《い》えてない。

今頃《いまごろ》になって、そんな大事《だいじ》なことに、はじめて気《き》がついた。

ああ……。どうして気《き》がつかなかったんだろう。こんなんじゃ、太雅《たいが》くんがほかの人《ひと》を好《す》きになるのも、当然《とうぜん》だ……。

栗田《くりた》さんのかわいい顔立《かおだ》ちを見《み》つめながら、なんだか泣《な》きそうになっていた。

「ねえ、桜井《さくらい》さんって、まだ太雅《たいが》のこと、好《す》きでしょ？」

そのとき、栗田《くりた》さんが突然《とつぜん》、そう言《い》った。

「え?!」

わたしは思《おも》わず、大《おお》きな声《こえ》をだしてしまった。

「……やっぱりね」

栗田《くりた》さんは、ふふっと意地悪《いじわる》く笑《わら》うとわたしから少《すこ》し離《はな》れて、まるで果物《くだもの》みたいにぷるんとした唇《くちびる》に指《ゆび》をあてがった。

「ねえ、でも、もたもたしてると、とっちゃうよ？」

――え……？

その言葉《ことば》に、わたしは固《かた》まってしまった。

「じゃあ明日《あした》、よかったら桜井《さくらい》さんも、オバケ屋敷《やしき》来《き》てね。ばいば〜い」

栗田《くりた》さんはきらきらしたペンを手《て》に、教室《きょうしつ》に戻《もど》っていく。わたしはぼうぜんとしながら、栗色《くりいろ》のふわふわの髪《かみ》の毛《け》が揺《ゆ》れるのを見《み》ていた。

♡

文化祭当日《ぶんかさいとうじつ》――昨日《きのう》、あんまり眠《ねむ》れなかったせいで、くらくらしている。

「はぁ……」

ため息《いき》をどれだけ押《お》し殺《ころ》しても、もれてきてしまう。

「桜井《さくらい》さんって、あんなにかわいかったっけ……？」

周《まわ》りからは、ひそひそ声《ごえ》が聞《き》こえてくるけど、あたまが痛《いた》くて、何《なに》を言《い》っているのか、いまいちよくきき取《と》れない。それに加《くわ》えて、前《まえ》もよく見《み》えない。今日《きょう》は遅刻《ちこく》しそうになって、メガネをかけてくるのも、忘《わす》れてきてしまった。

でもなんだか、視線《しせん》を感《かん》じるのは、きっと、こんな地味《じみ》なわたしが、メイド服《ふく》なんて、着《き》ているから……。

しかも今日《きょう》は、クラスメイトの楠田夢《くすだゆめ》さんが風邪《かぜ》でお休《やす》みだから、わたしが代役《だいやく》として、調理《ちょうり》をすることになってしまった。

でも、メガネを忘《わす》れてきたせいで、ホットケーキもうまく焼《や》けない。

それに——昨日《きのう》の栗田《くりた》さんの言葉《ことば》が、心《こころ》のなかをぐるぐるして、離《はな》れない。

「もたもたしてると、とっちゃうよ？」

いやだ。

「あのさ……もう、終《お》わりにしよ」

いやだ。お願《ねが》い。行《い》かないで。

——こんなに、大好《だいす》き、なのに。


昨日《きのう》からずっと、あたまのなかを、ふたりの言葉《ことば》が反響《はんきょう》している。

ホットケーキを焼《や》きながら、さらに前《まえ》が見《み》えなくなっていく。

どうしよう……。涙《なみだ》があふれてきて、止《と》まらない。

「桜井《さくらい》さん、どうしたの?! ホットケーキ焦《こ》げてるよ?!」

心配《しんぱい》してウエイトレスの柄本結《えもとゆい》さんが、かけ寄《よ》ってきてくれる。

「ご、ごめん……なさい」

せっかくの文化祭《ぶんかさい》なのに——わたし、迷惑《めいわく》、かけてる。でも、どうしようもなく痛《いた》い
——心《こころ》が、痛《いた》い。わたしはその場《ば》にうずくまってしまった。

「どっか痛《いた》い? 保健室《ほけんしつ》、行《い》く?」


——もたもたしてると、とっちゃうよ?

わたし……そんなの、いやだ。とられたくない。

それに太雅《たいが》くんに、言《い》わなきゃいけないことが、伝《つた》えたいことが、たくさんある――。

「柄本《えもと》さんごめんなさい……。わたし、わたし……オバケ屋敷《やしき》に行《い》かなきゃ……」

「え?! 桜井《さくらい》さん……?!」

真面目《まじめ》だけが取《と》り柄《え》だったのに――クラス委員長《いいんちょう》なのに――みんな、ごめんなさい。

だけど、いてもたってもいられない。

気《き》がつけばわたしは、メイド服姿《ふくすがた》のまま、教室《きょうしつ》から飛《と》びだしていた。

♡

「太雅《たいが》くん……いますか!」

廊下《ろうか》を走《はし》っていることも気《き》がつかずに――わたしは二組《にくみ》へ着《つ》くと、受付《うけつけ》の男《おとこ》の子《こ》に、勢《いきお》いよくそうたずねた。

「えっと、あいつは道具係《どうぐがかり》だから、なかだよ」

「じゃあ、お邪魔《じゃま》します」

そしてわたしは衝動的《しょうどうてき》に、オバケ屋敷《やしき》のなかに入《はい》っていた。

でも、なかに入《はい》ってから、気《き》がついてしまった。

暗《くら》くて、それにメガネをかけ忘《わす》れてきたせいで、何《なに》も見《み》えない――……。

突然《とつぜん》、こわくなってくる。暗闇《くらやみ》のなか、前《まえ》に、進《すす》めない。

「どうしよう……」

わたしは、泣《な》きだしそうになった。

そのとき、手首《てくび》をだれかにつかまれた。

「きゃっ！」

――オバケだ！

「いや、いや！」

わたし、オバケも得意《とくい》じゃない。もう、パニック状態《じょうたい》だ。気絶《きぜつ》しそうになったそのとき、

「凛《りん》、大丈夫《だいじょうぶ》だから」

そう、声《こえ》がきこえた。

よく知《し》っている声《こえ》。ずっと、ききたかった声《こえ》。わたしは、自分《じぶん》の手《て》を握《にぎ》っている人物《じんぶつ》を見上《みあ》げた。

「……太雅《たいが》くん……？」

暗《くら》くて、ぼやけていて、よく見《み》えない。けれどそれはきっと、太雅《たいが》くんだった。

「そうだよ。つーか凛《りん》、お前《まえ》……こんなとこで、何《なに》やってんだよ」

凛《りん》――。三《さん》か月《げつ》ぶりに、太雅《たいが》くんがわたしの名前《なまえ》を呼《よ》ぶ。

「わたし……太雅《たいが》くんに、……太雅《たいが》くんに、言《い》いたいことがあるの……っ」

もう、遅《おそ》すぎるのはわかっている。

でも、言《い》わなきゃ。だって、一度《いちど》も、言《い》えなかった。

――こんなに、大好《だいす》きだったのに。

「……何《なに》？」

「太雅《たいが》くん……あのね……わたし、……いまでも太雅《たいが》くんのことが、好《す》きっ……。大好《だいす》きっ。なのに……わたし……一度《いちど》も言《い》えてなかった……。いつも、太雅《たいが》くんにもらってばかりだった……。これからはもっと……、ちゃんと言葉《ことば》にする……っ。だから、だからもう一度《いちど》、わたしのこと、好《す》きになってください……っ」

涙《なみだ》があふれて、もう完全《かんぜん》に、前《まえ》が見《み》えない。でも、それでいい。

もしもいま、太雅《たいが》くんが迷惑《めいわく》そうな顔《かお》をしていたら、わたし、もう、立《た》ち直《なお》れない。

「来《き》て」

太雅《たいが》くんは、夏祭《なつまつ》りの日《ひ》、連《つ》れ去《さ》ってくれたときみたいに、わたしの手《て》をつかんだ。

♡

連《つ》れてこられたのは、屋上《おくじょう》だった。それはいつか、太雅《たいが》くんが特別《とくべつ》だと言《い》った、場所《ばしょ》だ。

「……ごめん」

わたしに向《む》き合《あ》って太雅《たいが》くんは、そう言《い》った。

ごめん……。断《ことわ》られたんだ……。

ショックで、あたまが真《ま》っ白《しろ》になる。だけど何《なに》か言《い》わなきゃ。わたしはあふれてくる涙《なみだ》をぬぐいながら、言葉《ことば》をふりしぼった。

「そ、そうだよね。わたしのこと、きらいになっちゃったからお別《わか》れしたんだよね……。わたし、ひとりでから回《まわ》って、ごめんね」

──あんなかわいい子《こ》に、敵《かな》うはずなかった。それにもう、遅《おそ》すぎたんだ。

「違《ちが》う。そういう意味《いみ》じゃない」

けれど太雅《たいが》くんはそう言《い》って、わたしの涙《なみだ》を指《ゆび》ですくった。

「……え？」

「俺《おれ》……。あの日《ひ》、いきおいで別《わか》れよとか言《い》って……ずっと後悔《こうかい》してた。でも、かっこうわるくて、もう一度《いちど》彼女《かのじょ》になってくださいなんて言《い》いだせなかった。だから忘《わす》れようって……凛《りん》をさけてた。でも忘《わす》れられなかった。俺《おれ》やっぱり……凛《りん》のこと、大好《だいす》きだから」

「……本当《ほんとう》……？」

これは現実《げんじつ》なのかな。

「うそつくかよ」

「……栗田《くりた》さんのことは……、好《す》きじゃ……ないの？」

「は？　栗田《くりた》？」

太雅《たいが》くんは、心底《しんそこ》わけがわからないというように顔《かお》をゆがめる。

「だって、いつも一緒《いっしょ》にいたし……すごく、似合《にあ》ってた……から」

でももしかしたら、わたしの勘違《かんちが》い……だったの？

「知《し》らねぇけど……。栗田《くりた》とは幼馴染《おさななじみ》だし、お前《まえ》のこといつも相談《そうだん》してたから。つかあいつ、好《す》きなやついるし」

「相《そう》、談《だん》……？」

わたしは目《め》が点《てん》になった。

それに栗田《くりた》さん……好《す》きな人《ひと》がいるの？

まるで夢《ゆめ》みたいな結末《けつまつ》に、わたしがきょとんとしていると、太雅《たいが》くんは、「はぁ」とため息《いき》をつく。そして、顔《かお》を赤《あか》らめながら話《はな》し始《はじ》めた。

「……二年《にねん》になってからさ、凛《りん》、生徒会《せいとかい》入《はい》っただろ。それで……がんばってる凛《りん》を見《み》かけるたび、あの花岡《はなおか》ってやつのほうが、凛《りん》に似合《にあ》ってんじゃないかとか、俺《おれ》、バカだから、凛《りん》から生徒会《せいとかい》の話《はなし》聞《き》くたびに、カッとなって……だせーよな、ごめん……」

それって……つまり、わたしなんかに……ヤキモチ、やいてくれてたの？

うそ……。ぜんぜん、気《き》がつかなかった。だってわたし、いつも太雅《たいが》くんのことしか見《み》てなかった。自分《じぶん》のことなんて、気《き》にしたこともなかった。

「全然《ぜんぜん》、ださくない。うれ、しい……」

どうしよう……、こんなうれしいことって、あるの……？

わたしはとまどいながら、言葉《ことば》を続《つづ》けた。

「わたし……太雅《たいが》くんの気持《きも》ちも考《かんが》えないで……ごめんっ。でも、わたしも、悩《なや》んでた……。わたし、栗田《くりた》さんみたいにおしゃれじゃないし、明《あか》るくないし、真面目《まじめ》しか取《と》り柄《え》なくて、太陽《たいよう》みたいな太雅《たいが》くんには、栗田《くりた》さんみたいなきらきらした子《こ》のほうが似合《にあ》うって思《おも》った……。でも昨日《きのう》、もたもたしてたらとっちゃうよって……言《い》われて、わたし、絶《ぜっ》対《たい》いやだって……いてもたってもいられなくなって」

思《おも》い返《かえ》せば、だれかに、こんなに正直《しょうじき》に自分《じぶん》の気持《きも》ちを話《はな》したことなんてなかったかもしれない。

「そっか……凛《りん》の気持《きも》ち知《し》れてうれしい。ありがと。俺《おれ》ずっと……、俺《おれ》ばっか凛《りん》のこと好《す》きなのかなって思《おも》ってたわ」

太雅《たいが》くんは、少《すこ》し照《て》れくさそうに言《い》った。

「そんなこと、ないっ。だってわたし……太雅《たいが》くんのこと」


——そのとき、だった。


バァン！

と、目《め》のなかいっぱいに、花火《はなび》が広《ひろ》がった。

それは一大《いちだい》イベントとして、去年《きょねん》から開催《かいさい》している、文化祭《ぶんかさい》を締《し》めくくる花火《はなび》——。

屋上《おくじょう》で見《み》ているせいだろう、真《ま》ん前《まえ》にあがる花火《はなび》は、まぶしいほどだ。でもメガネをしていないから、それは花火《はなび》というよりも、無数《むすう》のひかりが集《あつ》まったパレードみたいだった。

「きれい……」

「特等席《とくとうせき》、だな」

太雅《たいが》くんがこちらを見《み》て、ニッと歯《は》を見《み》せて笑《わら》う。ぼやけていてもわかる。それはわたしのいちばん、好《す》きな顔《かお》。

「うんっ……」

まるで、あの日《ひ》に戻《もど》ったみたい。

——ずっとこの時間《じかん》が続《つづ》けばいいのに……。

けれどそのとき、わたしはまた、あることに気《き》がついてしまった。

「あ！　どうしよう……生徒会《せいとかい》の仕事《しごと》、また忘《わす》れてた……!!　行《い》かなきゃっ」

いっきに顔《かお》が青《あお》ざめる。そういえばこの花火《はなび》の準備《じゅんび》も、手伝《てつだ》う予定《よてい》だったのだ。

わたしは、くるりと、花火《はなび》と太雅《たいが》くんに背《せ》を向《む》けた。

「ダメ、行《い》かせない」

でも次《つぎ》の瞬間《しゅんかん》、そう言《い》って、太雅《たいが》くんに後《うし》ろから包《つつ》まれると、胸元《むなもと》に抱《だ》きよせられた。

「わつ、……でも……」

行《い》かなきゃいけない……。

そう思《おも》うのに、わたしはどうしても、その腕《うで》を振《ふ》り払《はら》うことなんてできない。

「俺《おれ》も一緒《いっしょ》に怒《おこ》られてやるから」

「何《なに》、それ……」

つぎつぎと花火《はなび》があがる。幻想的《げんそうてき》な世界《せかい》のなかで、わたしたちは顔《かお》を見合《みあ》わせて笑《わら》った。

「……つうかさ！　こんなかわいい格好《かっこう》しやがって！　ほかのやつに目《め》えつけられたらどうすんだよ?!　それにメガネもしてねぇし……あーもう」

太雅《たいが》くんに言《い》われてはっとする。そういえば、メイド服姿《ふくすがた》だったことを忘《わす》れていた。

「あ……あ！　こ、これは……、休《やす》んだ子《こ》がいてっ、仕方《しかた》なくっ……」

「……ふーん。まあ、いいや。凛《りん》がかわいいことみんなにバレたって、もうだれにも渡《わた》さないから」

ぎゅっと、わたしを抱《だ》きしめてくれる腕《うで》の力《ちから》が強《つよ》くなる。

——もしかして、太雅《たいが》くんって意外《いがい》とヤキモチやきなのかな？　なんだか、かわいい。

わたしはくすっと笑《わら》った。

「なんだよ？」

太雅《たいが》くんはちょっと頬《ほお》をふくらます。

あ、そうだ……。わたし、言《い》わなきゃいけないことがあった。

「ねえ太雅《たいが》くん」

「ん？」

「あのね……大好《だいす》き」

「俺《おれ》も」

ねえ太雅《たいが》くん——、前《まえ》よりも、もっともっと、わたしのこと好《す》きになってください。

その頃《ころ》、凛《りん》のクラスでは

「桜井《さくらい》さんは、どこに行《い》ってしまったんだ、まったく……」
花岡《はなおか》が凛《りん》をさがしていた。
「あ、花岡《はなおか》くん！
桜井《さくらい》さんなら、ちょっと体調《たいちょう》が悪《わる》くて、保健室《ほけんしつ》に行《い》ったみたい」
そう報告《ほうこく》しているのは、栗田《くりた》くるみだ。
くるみは、メイド服《ふく》を着《き》て、
凛《りん》の代《か》わりにウエイトレスを手伝《てつだ》っている。
あのあと凛《りん》をフォローするために、
自《みずか》ら「手伝《てつだ》ってもいいー？」と、志願《しがん》したのだ。
もちろん、凛《りん》のクラスの男子《だんし》たちは大喜《おおよろこ》びだった。
「保健室《ほけんしつ》か……って、君《きみ》は違《ちが》うクラスだろ？」

だが花岡《はなおか》は、そんなやりたい放題《ほうだい》のくるみに呆《あき》れている。
「そうだけど、オバケ屋敷《やしき》よりこっちのほうがかわいいし！
ねえ、そんなことより花岡《はなおか》くん、これ似合《にあ》ってるー？」
くるみはくるっと、まわって見《み》せる。
ふりふりのスカートがひらりと舞《ま》う。
「まあ、似合《にあ》ってる……って何《なに》を言《い》わせるんだきみは！
自分《じぶん》の教室《きょうしつ》に戻《もど》るように！」
花岡《はなおか》は思《おも》わず見《み》ほれてしまいながらも、そう注意《ちゅうい》した。
「あははっ☆　花岡《はなおか》くんかわいー！」
怒《おこ》られているのに、くるみはご満悦《まんえつ》だった。

第《だい》二《に》話《わ》

楓《かえで》の恋《こい》

君《きみ》はただの幼馴染《おさななじみ》だった。

でも、雪《ゆき》が降《ふ》り始《はじ》めたあの日《ひ》――、君《きみ》はわたしの好《す》きな人《ひと》になった。

♡

教室《きょうしつ》の黒板《こくばん》の右端《みぎはし》には、白《しろ》いチョークで書《か》かれた「十一月二十四日《じゅういちがつにじゅうよっか》」の文字《もじ》。

ちょうど一《いっ》か月後《げつご》の街《まち》は、どこもかしこもが、赤《あか》や緑《みどり》がきらめくクリスマスの色《いろ》でいっぱいになる頃《ころ》だ。

なのに、いまのところ、わたしにはなんの予定《よてい》もない……。

中学二年生《ちゅうがくにねんせい》にもなれば、あたりまえに彼氏《かれし》ができたりするものだって、小学生《しょうがくせい》のとき、少女《しょうじょ》マンガを読《よ》みふけってては、思《おも》い描《えが》いていた。

でもわたし、菊川楓《きくかわかえで》は、告白《こくはく》をしたことも、ましてやされたこともなく、もうすぐ彼氏《かれし》いない歴十四年《れきじゅうよねん》になってしまう。

「はぁ……」

なんだかむしょうにかなしくなってくる。

でも、彼氏《かれし》ができない原因《げんいん》が自分《じぶん》にあるのは、いやっていうほどわかっている。

だってわたしは……、好《す》きな人《ひと》の前《まえ》で、ぜんぜんかわいくいられない。

というか、好《す》きな人《ひと》の前《まえ》でだけは、かわいくするのなんて無理《むり》だと言《い》ったほうがいいかもしれない。

「はぁ……」

本日《ほんじつ》、二度目《にどめ》のため息《いき》がこぼれる。

そのとき、机《つくえ》のうえに、一枚《いちまい》ずつかわいくラッピングされたクッキーが、星《ほし》みたいに散《ち》らばった。

顔《かお》をあげると、親友《しんゆう》の楠田夢《くすだゆめ》ちゃんが心配《しんぱい》そうに、わたしの顔《かお》をのぞき込《こ》んでいた。

「楓《かえで》ちゃん、ため息《いき》ついてどうしたの？　あのね、昨日家庭科部《きのうかていかぶ》でこれ作《つく》ったの！　一緒《いっしょ》に食《た》べて元気《げんき》だそう？」

夢《ゆめ》ちゃんはわたしに、雪《ゆき》の結晶《けっしょう》が描《か》かれたアイシングクッキーを一枚《いちまい》手渡《てわた》して、にっこりと笑《わら》う。

夢《ゆめ》ちゃんとは、今年《ことし》、二年生《にねんせい》になって、クラスが一緒《いっしょ》になった。

出席番号《しゅっせきばんごう》が前後《ぜんご》ということもあって、自然《しぜん》としゃべる機会《きかい》も多《おお》くなって、気《き》がつけば、いちばんのなかよしになっていた。

夢《ゆめ》ちゃんは家庭科部《かていかぶ》に入《はい》っていて、お料理《りょうり》もお菓子作《かしづく》りもとっても上手《じょうず》で、背《せ》が小《ちい》さくて、うるんだ目《め》がかわいくて、ちょっと茶色《ちゃいろ》がかった髪《かみ》の毛《け》はいつもさらさらで、どこから見《み》ても、守《まも》ってあげたい女《おんな》の子《こ》って感《かん》じだ。

「ありがとう夢《ゆめ》ちゃん！　わたし、夢《ゆめ》ちゃんが作《つく》ってくれるお菓子《かし》大好《だいす》き！」

わたしは夢《ゆめ》ちゃんのくれたクッキーをぱくぱく食《た》べながら、好《す》きな人《ひと》の前《まえ》で、夢《ゆめ》ちゃんみたいにかわいくいられたら、どんなにいいだろうなんて、考《かんが》える。

でもわたしは、三《さん》か月前《げつまえ》まで陸上部《りくじょうぶ》に入《はい》っていたせいで（足《あし》が速《はや》いからって理由《りゆう》で強引《ごういん》に勧誘《かんゆう》されたんだけど、足《あし》をくじいて今《いま》は休部中《きゅうぶちゅう》。部活《ぶかつ》はとってもしんどいからちょっとラッキー……なんて思《おも》っているのは内緒《ないしょ》）、髪《かみ》も短《みじか》いし、吊《つ》り目《め》で、声《こえ》も低《ひく》めで、女《おんな》の子《こ》らしい部分《ぶぶん》なんて、ひとつもない気《き》がする。

はーあ……。同《おな》じ女《おんな》の子《こ》なのに、なんでこんなに違《ちが》うんだろう？

本日三回目《ほんじつさんかいめ》のため息《いき》をつきそうになったとき、

「楓《かえで》、髪《かみ》の毛《け》、ボサボサ」

後《うし》ろから、蓮見陽太《はすみひなた》が不愛想《ぶあいそう》に声《こえ》をかけてきた。

陽太《ひなた》とは小学校《しょうがっこう》のときから一緒《いっしょ》で、奇跡的《きせきてき》にクラスもほとんど離《はな》れたことがなくて、いわゆる幼馴染《おさななじみ》というやつで……そして——いつからか、わたしの、好《す》きな人《ひと》だ……。

「う、今日《きょう》は朝《あさ》、時間《じかん》なかったの……！」

わたしは、陽太《ひなた》が声《こえ》をかけてくれたことにうれしくなる。でも、かわいい返答《へんとう》なんて、やっぱりできない。

だって陽太《ひなた》がわたしに降《ふ》りかける言葉《ことば》は、いつも意地悪《いじわる》なことばっかりなのだから。

毎朝《まいあさ》、ずる休《やす》みすることもなく頑固《がんこ》にはねてくる髪《かみ》の毛《け》の先《さき》を気《き》にしていると、

「つうか、口《くち》の周《まわ》りなんかついてるよ。粉《こな》……？」

陽太《ひなた》が眉《まゆ》をひそめ、わたしの口元《くちもと》に手《て》を伸《の》ばしてきた。

——え？　……ええ?!

どきどきしすぎて、どうしようもなくて、わたしはおもわず陽太《ひなた》から顔《かお》を背《そむ》けた。

「あの……よかったら、クッキー、蓮見《はすみ》くんも、どう、かな？」

そのときタイミングよく、夢《ゆめ》ちゃんが陽太《ひなた》の手元《てもと》に、クッキーをひとつ差《さ》し出《だ》した。そのクッキーにはＬｏｖｅ《ラブ》という文字《もじ》が、上手《じょうず》にアイシングされていた。

「あ……えっと、ありがと。でも俺《おれ》、甘《あま》いものきらいだから、ごめん」

でも陽太《ひなた》はそう言《い》って、受《う》け取《と》らなかった。わたしはびっくりした。

小学五年生《しょうがくごねんせい》のとき……わたしは一度《いちど》だけ、陽太《ひなた》にバレンタインチョコをあげたことがあった。

あのとき陽太《ひなた》は、甘《あま》いのがきらいだなんて、教《おし》えてくれなかった。

それどころか、陽太《ひなた》はチョコをひとつ口《くち》に含《ふく》んで、眉《まゆ》をひそめると「……何《なに》これ、石《いし》……？」と、きいてきたのだ。

たしかに市販《しはん》のチョコレートを溶《と》かして型《かた》に入《い》れ冷凍庫《れいとうこ》で固《かた》めただけで、生《なま》クリームを入《い》れるとか、そういうのも知《し》らなかったし……、わたしもあとから食《た》べてみて、硬《かた》すぎて泣《な》きそうになったけど。

でも、ありがとうくらいは、言《い》ってほしかったな、なんて。

まあとにかく、すっごく恥《は》ずかしかったから、それ以来《いらい》、陽太《ひなた》にバレンタインチョコは一回《いっかい》も渡《わた》していない。


「何《なに》?」

わたしがすねたような表情《ひょうじょう》で、陽太《ひなた》の顔《かお》を見《み》つめていたせいだろう、陽太《ひなた》が小《ちい》さく首《くび》を傾《かし》げる。

「別《べつ》に……陽太《ひなた》が甘《あま》いものきらいだって、知《し》らなかったなって思《おも》って」

「まあ、言《い》う必要《ひつよう》もなかったから」

陽太《ひなた》はそう答《こた》えると、小《ちい》さくあくびをしながら自分《じぶん》の席《せき》に着《つ》いた。

いま、夢《ゆめ》ちゃんには教《おし》えたくせに……。

陽太《ひなた》とは長《なが》い付《つ》き合《あ》いだけど、わたしは陽太《ひなた》が何《なに》を考《かんが》えているのか、ぜんぜんわからない……。だけど陽太《ひなた》は母子家庭《ぼしかてい》で、ひとりで働《はたら》くお母《かあ》さんのために部活《ぶかつ》にも入《はい》らず家《いえ》のことを手伝《てつだ》ったりして、本当《ほんとう》にいい奴《やつ》なんだ(わたしには意地悪《いじわる》だけど……)。

「いいな、楓《かえで》ちゃんは」

そのとき夢《ゆめ》ちゃんが、ぽつりと言《い》った。

「何《なに》が？」

「蓮見《はすみ》くんと仲《なか》がよくて」

そう答《こた》えた夢《ゆめ》ちゃんはLove《ラブ》のクッキーを手《て》に、陽太《ひなた》のほうを見《み》つめている。

「え?!　そんなことないよ。いっつもいやがらせみたいなことばっかり言《い》ってくるし！」

わたしは夢《ゆめ》ちゃんのいつにない様子《ようす》に、ちょっといやな予感《よかん》を巡《めぐ》らせながら、首《くび》を振《ふ》った。

きっと陽太《ひなた》が意地悪《いじわる》なことばっかり言《い》うのは、わたしが、女《おんな》の子《こ》として見《み》られていないから。だから話《はな》しかけやすいんだと思《おも》う。まあ幼馴染《おさななじみ》だから、仕方《しかた》ないんだけど……。でも、もっとわたしが女《おんな》の子《こ》らしく、かわいかったら、陽太《ひなた》も意識《いしき》してくれるのかな……？

ああ、このかわいげのない性格《せいかく》と、はねた髪《かみ》の毛《け》の先《さき》が、にくたらしい。

わたしがまた、深《ふか》いため息《いき》をつきそうになったそのとき、夢《ゆめ》ちゃんが夢見《ゆめみ》る少女《しょうじょ》のように顔《かお》を赤《あか》らめて、信《しん》じられないことを告《つ》げた。

「わたしね、蓮見《はすみ》くんのこと、好《す》きなんだ。だからね、よかったら……、協力《きょうりょく》してくれないかな？」

うそー。わたしの心《こころ》は固《かた》まった。さっき感《かん》じたいやな予感《よかん》は、見事《みごと》に当《あ》たってしまった。

夢《ゆめ》ちゃんは、とても恥《は》ずかしそうに陽太《ひなた》を見《み》つめている。いまにも泣《な》き出《だ》しそうになりながら。

ねえ、……どうしよう。どうしたら……。

ぐるぐると考《かんが》えるけれど、大好《だいす》きな夢《ゆめ》ちゃんから、何《なに》かを頼《たの》まれるのなんて、はじめてで……。

「も、もちろんだよ……！」

断《ことわ》れるはずが、なかった——。

♡

その夜《よる》、陽太《ひなた》からスマホにメッセージが届《とど》いた。

「明日《あした》の小《しょう》テストって英語《えいご》だっけ？」

陽太《ひなた》からは、三日《みっか》に一回《いっかい》くらい、メッセージが送《おく》られてくる。けど、どれもこれも女《おんな》の子《こ》として意識《いしき》されていないのがよくわかる内容《ないよう》ばっかりだ。

いままでは、それでもうれしかった。どんな内容《ないよう》だって、陽太《ひなた》から連絡《れんらく》が来《く》るだけで、一日《いちにち》がハッピーだった。学校《がっこう》が終《お》わっても、わたしのことを思《おも》い出《だ》してくれているのだと思《おも》うと、ときめいた。

なのに、友達《ともだち》としてしか見《み》られていないことが、いまは、すごく切《せつ》ないよ。

「あーもう！　わたしのバカ！」

わたしはベッドにうつぶせて、苛立《いらだ》ちを発散《はっさん》するみたいに手足《てあし》をばたばたさせた。

協力《きょうりょく》なんて、ほんとうはしたくない。だって、そんなのしなくたって、きっと夢《ゆめ》ちゃんなら、陽太《ひなた》の彼女《かのじょ》になれる……。

「はあ……」

ため息《いき》とともにわたしは陽太《ひなた》に返事《へんじ》をできないまま、いつの間《ま》にか眠《ねむ》ってしまっていた。

♡

「昨日《きのう》、メッセージ無視《むし》したろ」

次《つぎ》の日《ひ》、陽太《ひなた》は教室《きょうしつ》に入《はい》ってくると、わたしを見《み》つけるなり、そう声《こえ》をかけてきた。

「あ、ごめん、寝《ね》てた」

わたしはぶっきらぼうに答《こた》えた。なんだか、陽太《ひなた》の顔《かお》をまともに見《み》られない。

「ふーん」

目《め》をあわせられないでいるから、陽太《ひなた》がいまどんな顔《かお》をしているのかわからない。でもその声《こえ》は少《すこ》しふきげんだった。

いままで、陽太《ひなた》からの連絡《れんらく》を無視《むし》したことなんてなかったから、怒《おこ》らせちゃったのかもしれない。

あーあ……。わたし、どうしちゃったんだろう。

♡

——思《おも》い返《かえ》してみれば、陽太《ひなた》はいつも、わたしの近《ちか》くにいた。

わたしは小学生《しょうがくせい》のときから背《せ》が高《たか》いほうで、小《ちい》さい頃《ころ》は陽太《ひなた》のほうが低《ひく》かった。

でも高学年《こうがくねん》になると、陽太《ひなた》は身長《しんちょう》がどんどん伸《の》びて、気《き》がつけば、わたしより十《じっ》センチも高《たか》くなっていた。

その頃《ころ》からだったかな、陽太《ひなた》が女《おんな》の子《こ》にモテ始《はじ》めたのは。

だけど陽太《ひなた》は告白《こくはく》されても、だれとも付《つ》き合《あ》う気配《けはい》がなかった。

「興味《きょうみ》ない」って言《い》われちゃった。そう言《い》って女《おんな》の子《こ》が泣《な》いているのを、見《み》たこともある。

わたしなんかが告白《こくはく》したら、なんて言《い》われるんだろう。

「は？　冗談《じょうだん》か？」

きっと陽太《ひなた》は、眉《まゆ》をひそめてそう言《い》うだろう。

だからずっと今日《きょう》まで、告白《こくはく》できないでいる。

それに、いまの関係《かんけい》を、こわしたくなかった。だっていま、女《おんな》の子《こ》のなかで、陽太《ひなた》のいちばん近《ちか》くにいるのは、きっとわたし。

でもそれは、幼馴染《おさななじみ》だから――。

昨日《きのう》までのわたしは、それでよかった。陽太《ひなた》を好《す》きでいるだけで、しあわせだった。近《ちか》くにいられるだけで。

なのに――……突然《とつぜん》こんなことになるなんて。

「はあー……」

あれから一週間《いっしゅうかん》、夢《ゆめ》ちゃんは何《なに》も言《い》ってはこないけれど、ゆううつな気分《きぶん》が抜《ぬ》けない。

だって、夢《ゆめ》ちゃんみたいなかわいい女《おんな》の子《こ》に好《す》きになられたら、だれだって……好《す》きになってしまうに決《き》まってる。

「楓《かえで》ちゃん」

夢《ゆめ》ちゃんのことを考《かんが》えていたら、目《め》の前《まえ》にうるんだ瞳《ひとみ》の夢《ゆめ》ちゃんの顔《かお》があった。

「どうしたの？」

「楓《かえで》ちゃんって、蓮見《はすみ》くんとメッセージとかしてるの……？」

「あ、たまにだけど」

「そっか……。あのね……わたしも蓮見《はすみ》くんとメッセージがしたくて、これ、渡《わた》してくれない……かな？　いろいろ話《はな》したいんだけど、なかなかしゃべりかけられなくてっ。でも……メッセージなら、できるかなって……！」

夢《ゆめ》ちゃんは上目遣《うわめづか》いで、顔《かお》を赤《あか》らめながらそう言《い》うと、一枚《いちまい》のかわいい花柄《はながら》のメモ用紙《ようし》を渡《わた》した。そこには夢《ゆめ》ちゃんのメッセージのＩＤ《アイディー》が書《か》かれてあった。

「……あ、うん！　じゃあこれ、陽太《ひなた》に渡《わた》しておくねっ」

そんな、いっしょうけんめいな顔《かお》で頼《たの》まれたら、断《ことわ》れるはずがない。

わたしはまた、心《こころ》とは裏腹《うらはら》に、そんなふうに返事《へんじ》をしてしまった。

♡

「陽太《ひなた》、いっしょに帰《かえ》ろ」

放課後《ほうかご》——帰《かえ》り支度《じたく》をしている陽太《ひなた》に、わたしは声《こえ》をかけた。

「あ、うん」

すると、陽太《ひなた》はちょっと驚《おどろ》いた顔《かお》をした。

考《かんが》えてみれば、わたしから誘《さそ》うのなんてはじめてだ。部活《ぶかつ》もあったし、いつも勇気《ゆうき》がでなくて誘《さそ》えなかった。

なんだかふと、切《せつ》なくなる。

それは、どんなに陽太《ひなた》のことを好《す》きでも、わたしが陽太《ひなた》と付《つ》き合《あ》える日《ひ》なんて……きっと来《こ》ないってわかってるから。

それに近頃《ちかごろ》、夢《ゆめ》ちゃんはほんとうに陽太《ひなた》のことが好《す》きなんだって、感《かん》じる。

(……ちゃんと応援《おうえん》しなきゃ)

ふたりきりの帰《かえ》り道《みち》……、わたしはちょっとだけ緊張《きんちょう》していた。

学校《がっこう》から、わたしと陽太《ひなた》の家《いえ》は、途中《とちゅう》まで同《おな》じ方向《ほうこう》にある。だからたまたま一緒《いっしょ》になるときはあるけど、こんなふうに誘《さそ》ってまで、帰《かえ》ったことはなかった。

「陽太《ひなた》、背《せ》ほんと高《たか》くなったよね」

隣《となり》に並《なら》ぶと、ますますそう思《おも》う。

「牛乳《ぎゅうにゅう》、毎日《まいにち》飲《の》んでたから」

「毎日《まいにち》飲《の》んでたの？」

わたしはちょっと笑《わら》った。

「だって、お前《まえ》より低《ひく》いなんてかっこわるいだろ」

「何《なに》それ?!」

「そのままの意味《いみ》」

陽太《ひなた》は、意地悪《いじわる》く笑《わら》った。

恋愛要素《れんあいようそ》なんてひとつもない会話《かいわ》だけど……──陽太《ひなた》と言葉《ことば》を交《か》わすだけで、こんなにも、たのしい。

このままふたりで、一緒《いっしょ》にいたい……。わたしはそう思《おも》う。

でも、この恋《こい》は叶《かな》わない。だから、応援《おうえん》するんだ。大好《だいす》きな夢《ゆめ》ちゃんのこと。

これ……渡《わた》さなきゃ。

「あ、あの陽太《ひなた》……これ」

わたしは制服《せいふく》のスカートのポケットから、夢《ゆめ》ちゃんの連絡先《れんらくさき》が書《か》かれたメモを差《さ》し出《だ》した。

「何《なに》？　それ」

「夢《ゆめ》ちゃんのメッセージのＩＤ《アイディー》。陽太《ひなた》に教《おし》えておいてほしいって」

最低《さいてい》だって思《おも》うけど、心《こころ》のどこかでは、あのクッキーみたいに、いらない――陽太《ひなた》がそう言《い》ってくれるのを、どこかで期待《きたい》していたのかもしれない。

「……ふーん、わかった」

だけど陽太《ひなた》は無表情《むひょうじょう》にそう言《い》って、わたしの手《て》のなかから、かわいい花柄《はながら》のメモをつみ取《と》った。

「連絡《れんらく》して、あげてね」

ああ。少《すこ》し切《せつ》なくなるのをもみ消《け》すように、そう言《い》って、わたしは精《せい》いっぱい笑《わら》った。

「わかってるよ」

陽太《ひなた》はうなずいて、夢《ゆめ》ちゃんのメモをポケットにしまった。

もうすぐ、分《わ》かれ道《みち》に差《さ》し掛《か》かる。あと五十《ごじゅう》メートルで、お別《わか》れだ……。

ああ……夢《ゆめ》ちゃんのこと、応援《おうえん》するって決《き》めたのに、ぜんぜん、心《こころ》がついていかない。

もっとずっと一緒《いっしょ》に歩《ある》いていたいって思《おも》ってしまう。

でもさみしいって思《おも》うくらいは、いいかな……？

「じゃ、また明日《あした》」

「あ、うん」

分《わ》かれ道《みち》がやってきて、陽太《ひなた》は、背《せ》を向《む》けて歩《ある》きだした。

それは、家《いえ》の方向《ほうこう》が違《ちが》うから。ただそれだけの理由《りゆう》なのに、陽太《ひなた》がわたしから遠《とお》ざかっていくみたいに感《かん》じるのは、なんでなんだろう。

♡

それから、一週間《いっしゅうかん》が経《た》った。

あの日《ひ》から夢《ゆめ》ちゃんは、陽太《ひなた》と毎日《まいにち》メッセージをやり取《と》りしているみたいで、ご機嫌《きげん》だ。

「ねえ楓《かえで》ちゃん、陽太《ひなた》くんね、毎日返事《まいにちへんじ》くれるんだよ。もっとクールなのかと思《おも》ってたんだけど、すごく優《やさ》しいの」

いつの間《ま》にか呼《よ》び方《かた》も、蓮見《はすみ》くんから、陽太《ひなた》くんに変《か》わっていた。

「よかったね！」

そんなささいなことに動揺《どうよう》しながら、わたしはいっしょうけんめいに笑顔《えがお》を作《つく》る。

どんなやり取《と》りをしているのか、気《き》にならないといったらうそになる。

わたしにも、陽太《ひなた》からメッセージが送《おく》られてくるけど、きっと夢《ゆめ》ちゃんに送《おく》られているような内容《ないよう》ではなく、いつも、ただの友達《ともだち》への言葉《ことば》が綴《つづ》られているだけだ。

ああ、夢《ゆめ》ちゃんはいいな。

今度《こんど》はわたしが、そう言《い》いたい気分《きぶん》だよ。

「はぁ……」

お母《かあ》さんが作《つく》ってくれた大好物《だいこうぶつ》ばかりが入《はい》ったお弁当《べんとう》を食《た》べているというのに、無意識《むいしき》にため息《いき》がもれてしまう。

「楓《かえで》ちゃん、どうしたの、なんか体調悪《たいちょうわる》い？」

すると夢《ゆめ》ちゃんが心配《しんぱい》そうな顔《かお》で、わたしの目《め》をのぞき込《こ》んだ。

やばい。この気持《きも》ちは隠《かく》さなきゃ。わたしはふるふると首《くび》を横《よこ》に振《ふ》った。

「ううん、今日《きょう》の調理実習《ちょうりじっしゅう》いやだなーって考《かんが》えてて、ごめん」

「あ！　そういえば次《つぎ》、調理実習《ちょうりじっしゅう》だったね！　陽太《ひなた》くんと一緒《いっしょ》の班《はん》になれたらいいなぁ
……」

あの日《ひ》から夢《ゆめ》ちゃんは、恋《こい》する乙女《おとめ》モード全開《ぜんかい》で、いつにも増《ま》してとってもかわいい。

わたしのため息《いき》はもう、在庫《ざいこ》切れしそうだ。

♡

「今日《きょう》の調理実習《ちょうりじっしゅう》は、もうすぐクリスマスですので、ケーキを作《つく》ろうと思《おも》います」

お昼休《ひるやす》みが終《お》わり、調理実習《ちょうりじっしゅう》の授業《じゅぎょう》が始《はじ》まった。

家庭科室《かていかしつ》は「ケーキだって、たのしみだね」などと、色《いろ》めきたつ。

「ではみなさん、持《も》ってきたエプロンをつけて、手《て》を洗《あら》ってくださいね。それからグループ分《わ》けをします」

先生《せんせい》の声《こえ》に、クラスメイトは、声《こえ》をそろえて「はーい」と返事《へんじ》をした。

「楓《かえで》ちゃん、どんなエプロン持《も》ってきたの？」

夢《ゆめ》ちゃんがやけに浮《う》き浮《う》きしながらきく。

「えっと……わたしはお姉《ねえ》ちゃんが貸《か》してくれた……」

お弁当《べんとう》を食《た》べたあとは眠《ねむ》くなる。わたしはぼんやり答《こた》えながら、カバンを探《さぐ》った。

「って、え?!」

お姉《ねえ》ちゃん……うそでしょ。

目《め》に映《うつ》り込《こ》んだ光景《こうけい》に、わたしはいっきに目《め》が覚《さ》めて、青《あお》ざめた。だってカバンに入《はい》っていたのは、あろうことか、新婚《しんこん》さんが着《き》るみたいな、ピンクのふりふりのエプロンだった。

昨日《きのう》の夜《よる》、確《たし》かめもせずに「カバンのなか入《い》れといてー」とは言《い》ったけど、あのお姉《ねえ》ちゃん（お姉《ねえ》ちゃんは、いつも難《むずか》しそうな本《ほん》ばっかり読《よ》んでいて、ちょっと地味《じみ》）が、こんなかわいい系《けい》が趣味《しゅみ》なんて知《し》らなかった。

それに……こんなかわいすぎるエプロン、わたしには全《まった》く似合《にあ》わない。

どうしよう……。忘《わす》れたことにしようかな……。

そう考《かんが》えていると、夢《ゆめ》ちゃんがわたしの手元《てもと》をのぞいてきて、なかば叫《さけ》ぶみたいに言《い》った。

「わ！　楓《かえで》ちゃんのエプロン、わたしとおそろい、色違《いろちが》いだ！」

お……終《お》わった……。

わたしは思《おも》わず、白目《しろめ》をむきそうになった。

「ほら、見《み》てみて！」

そう無邪気《むじゃき》にはしゃぎながら夢《ゆめ》ちゃんが見《み》せてくれたエプロンは、お姉《ねえ》ちゃんのエプロンの、ホワイトバージョンだった。なんという、最悪《さいあく》な奇跡《きせき》なんだろう。ああ、せめて……、水色《みずいろ》か黒色《くろいろ》ならよかったのに。よりにもよってピンクだなんて……。

わたしは顔《かお》がひきつるのを我慢《がまん》して、しょうがなくエプロンをつけた。

「楓《かえで》ちゃんかわいいー！」

夢《ゆめ》ちゃんはわたしを見《み》て、そう黄色《きいろ》い声《こえ》をあげる。

どう見《み》ても、夢《ゆめ》ちゃんのほうが似合《にあ》っている。なのに夢《ゆめ》ちゃんは、わたしのことをきらきらした目《め》で見《み》つめている。夢《ゆめ》ちゃんにほめてもらえたのはうれしいけど……とにかく、陽太《ひなた》にだけは、こんなかっこう絶対《ぜったい》に見《み》られたくない。

だって、バカにされるに決《き》まっているんだから。

♡

でも神様《かみさま》はいつも意地悪《いじわる》で——……。

「ではグループを発表《はっぴょう》します。楠田夢《くすだゆめ》さん、菊川楓《きくかわかえで》さん、蓮見陽太《はすみひなた》くん、桜井凛《さくらいりん》さん……。あ、桜井《さくらい》さんは珍《めずら》しくお休《やす》みね。三人《さんにん》で大丈夫《だいじょうぶ》かしら？」

陽太《ひなた》とそして夢《ゆめ》ちゃんとグループが一緒《いっしょ》になってしまった。ああ……。最悪《さいあく》の最悪《さいあく》だ…。

「ねえ陽太《ひなた》くん見《み》て！　偶然《ぐうぜん》、楓《かえで》ちゃんと、エプロンおそろいだったんだよ！」

夢《ゆめ》ちゃんは、おそろいのエプロンを陽太《ひなた》に見《み》せびらかすように、はしゃいでいる。わたしはもう、消《き》えたかった。

「へえ」

案《あん》の定《じょう》、陽太《ひなた》はさっきから、じっとわたしのことを見《み》ている。きっと、悪口《わるくち》でも考《かんが》えているに違《ちが》いない。ああ、もうこうなったら、ひらきなおるしかない。

「何《なに》よ陽太《ひなた》、じろじろ見《み》て!!　どうせ似合《にあ》ってないのわかってるから……！」

わたしは半分涙目《はんぶんなみだめ》になりながら言《い》った。

「似合《にあ》ってるよ」

すると陽太《ひなた》がぽつりと、つぶやいた。

「え？」

一瞬《いっしゅん》、時《とき》が止《と》まった。

でもそのあと、夢《ゆめ》ちゃんがうれしそうに声《こえ》をあげた。

「ほんとう?!　ありがとう、陽太《ひなた》くん！」

あ、……そっか。いま、自分《じぶん》に言《い》われた気《き》がした。夢《ゆめ》ちゃんのことだよね。うん、どう考《かんが》えてもそうだ。そうに決《き》まっている。わたしは恥《は》ずかしくなって、陽太《ひなた》から目《め》をそらした。

♡

それから、わたしたちのグループは、ガトーショコラを作《つく》ることが決《き》まった。ケーキ作《づく》りのほとんどは、夢《ゆめ》ちゃんが手際《てぎわ》よく指示《しじ》してくれて、うまく作《つく》れたと思《おも》う（わたしはメレンゲを作《つく》っただけなんだけど）。あとは、焼《や》きあがるのを待《ま》つだけとなっている。

「陽太《ひなた》くんはクリスマス、何《なに》するのー？」

「特《とく》には、決《き》まってないけど」

「そうなんだ！　陽太《ひなた》くんモテるから、もう決《き》まってるのかと思《おも》ってた……！」

「べつに、モテないよ」

テーブルを囲《かこ》んで、陽太《ひなた》と夢《ゆめ》ちゃんがたのしそうに話《はな》している。

こんなふうに、わたし以外《いがい》の女《おんな》の子《こ》と話《はな》す陽太《ひなた》を間近《まぢか》に見《み》たのは、はじめてだったから胸《むね》がぎゅっとしめつけられる。

夢《ゆめ》ちゃんと話《はな》しているときの陽太《ひなた》はちゃんと男《おとこ》の子《こ》で、なんだかいつもよりもさらに、かっこうよく見《み》えてしまう。

あーあ……。よりにもよって、親友《しんゆう》と好《す》きな人《ひと》が一緒《いっしょ》になるなんて……、どうして最悪《さいあく》な出来事《できごと》は、いつも重《かさ》なって押《お》し寄《よ》せてくるんだろう。

そういえば今日《きょう》お休《やす》みの桜井凛《さくらいりん》さんは、隣《となり》のクラスに彼氏《かれし》がいるんだよね。最近《さいきん》コンタクトレンズにして、すごくかわいくなって、女の子《おんなのこ》らしい子《こ》ってうらやましいな（はーあ…）。

心《こころ》のなかで、風船《ふうせん》がふくらむくらいの大《おお》きなため息《いき》をついたと同時《どうじ》に、

チン！

ケーキが焼《や》きあがる音《おと》が、耳《みみ》の中《なか》に響《ひび》いた。

ああ、一秒《いちびょう》でもはやく、この超絶似合《ちょうぜつにあ》っていないエプロンを脱《ぬ》いで、教室《きょうしつ》をでたい！

そのとき、わたしはその一心《いっしん》だった。だから焦《あせ》ってしまったんだと思《おも》う。

ミトンをつけることも忘《わす》れて、わたしはオーブンからケーキが入《はい》った型《かた》を素手《すで》で取《と》り出《だ》そうとした。でもその直前《ちょくぜん》で、夢《ゆめ》ちゃんが叫《さけ》んだ。

「楓《かえで》ちゃん、あぶない！」

「え？」

そして同時《どうじ》に、だれかがわたしの手《て》をつかんだ。自分《じぶん》より大《おお》きくて冷《つめ》たい手《て》だった。

「お前《まえ》、こんな何《なに》も着《つ》けずに、何《なに》やってんだよ！　あぶないだろ！」

その手《て》の持《も》ち主《ぬし》は陽太《ひなた》だった。

「あ、ごめん……なさい」

みんなが「どうしたのかなー」とざわめきだす。わたしは少《すこ》しパニックになった。

どうしよう。また最悪《さいあく》が押《お》し寄《よ》せてきた。でもそれは、自分《じぶん》のことばっかり考《かんが》えていたから……自分《じぶん》のせいだ。

「とりあえず、火傷《やけど》してるかもしれないから、保健室《ほけんしつ》、行《い》こ」

そのまま陽太《ひなた》はわたしの手《て》をつかんで、家庭科室《かていかしつ》の外《そと》に出《で》た。

保健室《ほけんしつ》まで、陽太《ひなた》に手《て》を引《ひ》いて連《つ》れて行《い》かれながら、わたしは思《おも》い出《だ》していた。

♡

陽太《ひなた》にこんなふうに手《て》を引《ひ》かれるのは、あのとき以来《いらい》だ。

小学五年生《しょうがくごねんせい》のとき──、クリスマスに、クラスのみんなで行《い》った遊園地《ゆうえんち》で、迷子《まいご》になったわたしを迎《むか》えに来《き》てくれたとき……。

「大丈夫《だいじょうぶ》。火傷《やけど》してないわ。でも、あぶなかったわね。ちゃんと気《き》をつけなきゃだめよ」

保健室《ほけんしつ》の先生《せんせい》は、そう言《い》って、わたしの手《て》をぽんぽんと叩《たた》いた。

「ありがとうございました」

念《ねん》のため冷《ひ》やしてもらったあと、ぺこりと頭《あたま》を下《さ》げて、保健室《ほけんしつ》をでた。

保健室前《ほけんしつまえ》の廊下《ろうか》には、陽太《ひなた》が立《た》っていた。わたしを待《ま》っていてくれたんだ。目《め》があって、
それだけで、こんなにもうれしくなる。

「陽太《ひなた》ごめん……わたし、焦《あせ》っちゃって」

「べつに。……てかさ、お前《まえ》、何《なに》か悩《なや》みでもあんの？」

「え、なんで？」

「……なんか、最近《さいきん》、元気《げんき》ないじゃん」

どくんと心臓《しんぞう》が鳴《な》る。

――そんなそぶり、見《み》せてないつもりだったのに。どうして、わかったんだろう。

そのとき、廊下《ろうか》の向《む》こうから、夢《ゆめ》ちゃんが息《いき》を切《き》らしてかけてきた。

「楓《かえで》ちゃん、大丈夫《だいじょうぶ》?!」

夢《ゆめ》ちゃんはすごく心配《しんぱい》そうな顔《かお》を浮《う》かべている。

「あ、うん、ぜんぜん大丈夫《だいじょうぶ》！　ごめんね、わたし、迷惑《めいわく》かけちゃって」

「ううん、怪我《けが》がなかったのがいちばんだよ！　ガトーショコラ、美味《おい》しく焼《や》けてたから、放課後《ほうかご》、一緒《いっしょ》に食《た》べよ！」

夢《ゆめ》ちゃんがにっこりと笑《わら》う。まるで花《はな》が咲《さ》くような、かわいらしい笑顔《えがお》。

「うん」

こんなにすてきな女《おんな》の子《こ》、ほかにはいない。素直《すなお》にそう感《かん》じるから、余計《よけい》に自分《じぶん》がいやになる。

「じゃあわたし、まだ洗《あら》い物《もの》があるから、家庭科室《かていかしつ》、戻《もど》ってるね。楓《かえで》ちゃんは、教室戻《きょうしつもど》ってて大丈夫《だいじょうぶ》だから！」

「ありがとう」

「あ、俺《おれ》も洗《あら》い物手伝《ものてつだ》うよ」

陽太《ひなた》が、先《さき》を行《い》く夢《ゆめ》ちゃんを引《ひ》き止《と》めて言《い》う。

「ありがとう、陽太《ひなた》くん！」

振《ふ》り返《かえ》った夢《ゆめ》ちゃんは、とてもうれしそう。

わたしは陽太《ひなた》のことが好《す》き。ずっとずっと好《す》きだった。だけど、夢《ゆめ》ちゃんのことも同《おな》じくらい好《す》きで、夢《ゆめ》ちゃんにしあわせになってほしいって感《かん》じるのは、うそなんかじゃない。

なのに、こんなときにまで、ヤキモチをやいてしまう。

自分《じぶん》がふがいない。応援《おうえん》するって決《き》めたのに、どうしてこんな、ぐちゃぐちゃな気持《きも》ちになってしまうんだろう。

家庭科室《かていかしつ》に戻《もど》っていくふたりの背中《せなか》を見《み》つめていると、陽太《ひなた》がくるりと振《ふ》り返《かえ》って、

「楓《かえで》」

わたしの名前《なまえ》を呼《よ》んだ。

「な、何《なに》？」

名前《なまえ》を呼《よ》ばれるだけで、心臓《しんぞう》が高鳴《たかな》る。

「なんかあるんなら、言《い》えよ」

陽太《ひなた》の声《こえ》をきくだけで、胸《むね》が痛《いた》くなる。

「……うん、ありがと」

わたしは小《ちい》さく笑《わら》った。

♡

陽太《ひなた》は意地悪《いじわる》だけど、ほんとうは優《やさ》しい。

あの日《ひ》——大粒《おおつぶ》の雪《ゆき》が降《ふ》り始《はじ》めた遊園地《ゆうえんち》でわたしは迷子《まいご》になった。

「やっと見《み》つけた」

あのとき、心細《こころぼそ》くてぼっちで泣《な》きべそをかいていたわたしを見《み》つけて、陽太《ひなた》は言《い》った。

「陽太《ひなた》……さがしに来《き》てくれたの？」

「あたりまえだろ」

そう言《い》って陽太《ひなた》は、ぎゅっとわたしの手《て》をつかんだ。冷《ひ》え切《き》った空気《くうき》のなかで、陽太《ひなた》の手《て》だけが、とてもあたたかかった。

「こうしてれば、はぐれないから」

「うん」

あのとき、恥《は》ずかしがることもなく手《て》をつないで、みんなのところに帰《かえ》してくれた陽太《ひなた》の背中《せなか》を見《み》つめながら、わたしは、陽太《ひなた》のことを好《す》きになった。

ただの幼馴染《おさななじみ》じゃない、ひとりの男《おとこ》の子《こ》になった。

でももう——これ以上《いじょう》、好《す》きになったら、ダメだ。

♡

それから一週間《いっしゅうかん》が過《す》ぎた。

今日《きょう》は、十二月二十一日《じゅうにがつにじゅういちにち》。三日後《みっかご》の世界《せかい》は、クリスマスの色《いろ》に包《つつ》まれて、どんなにきらきらしているんだろう。

クリスマス、陽太《ひなた》と、会《あ》いたいな……。

そんな叶《かな》うはずのないことを考《かんが》えていると、電話《でんわ》がかかってきた。発信者《はっしんしゃ》は夢《ゆめ》ちゃんだ。

「楓《かえで》ちゃん、まだ起《お》きてた？」

「うん、起《お》きてたよ」

「よかった。あのね、さっき陽太《ひなた》くんとメッセージしてたんだけどずき。たったそれだけの情報《じょうほう》で、心《こころ》が痛《いた》む。

「うん」

でもわたしは明《あか》るく相槌《あいづち》をうった。

「今度《こんど》の日曜日《にちようび》クリスマスイブなんだけど、陽太《ひなた》くんと遊園地《ゆうえんち》に行《い》こうって話《はなし》になったの」

「そうなんだ……すてきだね」

そっか……。陽太《ひなた》と夢《ゆめ》ちゃん、デート……するんだ。わたしは落《お》ち込《こ》みながら、声《こえ》をふりしぼる。

「でね……楓《かえで》ちゃんも一緒《いっしょ》に行《い》かない?!」

「え……わたしも？　どうして？」

意味《いみ》がわからない。どうしてせっかくの初《はつ》デートにわたしを呼《よ》ぶんだろう。

「うん、陽太《ひなた》くんもお友達《ともだち》、呼《よ》ぼうかなって言《い》ってたの。わたし、楓《かえで》ちゃんが来《き》てくれたら、がんばれると思《おも》うんだ」

「がんばる？」

「うん……わたしねっ、陽太《ひなた》くんにね、告白《こくはく》したいの」

告白《こくはく》――？

その一言《ひとこと》で、全身《ぜんしん》の力《ちから》が抜《ぬ》けていく。

「だから、楓《かえで》ちゃん、協力《きょうりょく》してっ」

「……わかった。どうしたらいい？」

いやだ。心《こころ》はそう叫《さけ》んでいたのに、わたしの口《くち》からでた言葉《ことば》は、それだった。

だって、わかってる。夢《ゆめ》ちゃんが陽太《ひなた》を好《す》きだと告《つ》げた日《ひ》から、わかってた。もう、わたしのでる幕《まく》はない。恋《こい》が叶《かな》うことも。

それに、夢《ゆめ》ちゃんと陽太《ひなた》がくっついてくれたら、きっと諦《あきら》められる。

陽太《ひなた》じゃなくたって、きっとだれかを好《す》きになれる。

そうじゃなきゃ、つらすぎるから……。

♡

日曜日《にちようび》がやってきた。待《ま》ち合《あ》わせは、遊園地《ゆうえんち》の最寄《もよ》り駅《えき》。

わたしはカーキ色《いろ》のモッズコートに、白《しろ》いセーター、ジーンズをはいて行《い》った。

「え……クリスマスなのにそんな地味《じみ》な格好《かっこう》していくの……？」と、お姉《ねえ》ちゃんにぼそぼそと小言《こごと》をこぼされたけれど、あんまりかわいい洋服《ようふく》を着《き》ていく気分《きぶん》にはなれなかった。

だって今日《きょう》は、陽太《ひなた》に彼女《かのじょ》ができるかもしれない……。

そんな悲《かな》しい日《ひ》に、かわいい格好《かっこう》をして行《い》っても、無意味《むいみ》だ。


駅《えき》に着《つ》いたとき、まだだれも来《き》ていなかった。スマホに表示《ひょうじ》されている時刻《じこく》は、待《ま》ち合《あ》わせの十五分前《じゅうごふんまえ》。一本《いっぽん》はやい電車《でんしゃ》に間《ま》に合《あ》ったから、予定《よてい》よりはやく着《つ》いてしまったのだ。

わたしは駅《えき》の前《まえ》のベンチに腰《こし》掛《か》けて、ひとり、イルミネーションでひかる街《まち》を見《み》つめた。街《まち》ゆく人《ひと》たちは、だれもかれもが幸福《こうふく》そうにクリスマスの色《いろ》に染《そ》まっていて、そのなかでわたしだけが、灰色《はいいろ》だった。

「何《なに》ぼーっとしてんだよ」

後《うし》ろから声《こえ》がした。陽太《ひなた》の声《こえ》はすぐにわかる。わかってしまう。ずっとそばできいていたから。

「はやく、着《つ》きすぎちゃって」

わたしは陽太《ひなた》を見上《みあ》げた。陽太《ひなた》はベージュのスキニーに、黒《くろ》のダッフルコートを着《き》ていた。私服姿《しふくすがた》は、久《ひさ》しぶりに見《み》た。好《す》きな人《ひと》のちょっとの変化《へんか》で、心《こころ》はときめいてしまう。

人《ひと》はどうして、こんなにだれかを好《す》きになるんだろう。

どうして好《す》きな気持《きも》ちは、どれだけ願《ねが》っても溶《と》けてなくなったりしないんだろう。

陽太《ひなた》はそんな気《き》も知《し》らずに、あたりまえのように隣《となり》に座《すわ》った。

「遊園地《ゆうえんち》さ、小五《しょうご》のとき、みんなで行《い》ったよな」

「うん、たのしかった。その日《ひ》も、クリスマスだったよね」

「楓《かえで》さ、突然迷子《とつぜんまいご》になって、俺必死《おれひっし》にさがしたんだよ」

覚《おぼ》えてる。忘《わす》れるわけない。だってあの日《ひ》、わたしは陽太《ひなた》を好《す》きになったんだから。

「今日《きょう》は、迷子《まいご》になるなよ」

陽太《ひなた》がいたずらっぽく笑《わら》う。

そのとき待《ま》ち合《あ》わせ場所《ばしょ》に、夢《ゆめ》ちゃんと、もうひとり、背《せ》の高《たか》い男《おとこ》の子《こ》がやってきた。

「あれ、楓《かえで》ちゃんもう来《き》てたんだ！　わたしはね、来《く》る途中《とちゅう》で、智司《さとし》くんにばったりあったの！　陽太《ひなた》くんに写真《しゃしん》見《み》せてもらってたから、すぐにわかったぁ」

夢《ゆめ》ちゃんは、ふわふわの白《しろ》いコートに、黒《くろ》のタートルネック、ピンク色《いろ》が混《ま》じったチェックのスカートを着《き》ている。女《おんな》の子《こ》特有《とくゆう》のいいかおりがして、かわいくて、目《め》がくらむ。

「笹部智司《ささべさとし》です！」

夢《ゆめ》ちゃんのとなりにいる、背《せ》の高《たか》い男《おとこ》の子《こ》が自己紹介《じこしょうかい》をした。

「え……もしかして、智司《さとし》くんって、あの智司《さとし》くん?!」

わたしはびっくりしながらきいた。

智司《さとし》くんは小学校《しょうがっこう》のときの同級生《どうきゅうせい》だ。わたしと陽太《ひなた》は星美中学《ほしびちゅうがく》、智司《さとし》くんは月宮中学《つきみやちゅうがく》に進学《しんがく》したから、会《あ》うのは約二年《やくにねん》ぶりのことだった。智司《さとし》くん、小学生《しょうがくせい》のときは、ずっと背《せ》が小《ちい》さくて、かわいいって印象《いんしょう》しかなかったから、なんだか違《ちが》う人《ひと》みたい。

「そうだよ、久《ひさ》しぶりだね、楓《かえで》ちゃん！」

でもにっこり笑《わら》った顔《かお》は、むかしのかわいい智司《さとし》くんのままだった。

「じゃ、集《あつ》まったし行《い》くか」

みんなが集《あつ》まったところで、陽太《ひなた》が率先《そっせん》して歩《ある》きだす。夢《ゆめ》ちゃんはそのあとを、すぐに追《お》いかけていって、陽太《ひなた》の隣《となり》に並《なら》んだ。

もう今日《きょう》は、早送《はやおく》りで過《す》ぎてほしい。ふたりの背中《せなか》を見《み》つめながら、わたしは心《こころ》のなかで、そう願《ねが》った。

♡

遊園地《ゆうえんち》は、中央《ちゅうおう》の広場《ひろば》に大《おお》きなツリーが飾《かざ》られていたり、きらきらのイルミネーションがそこかしこに張《は》り巡《めぐ》らされていたりして、すっかりクリスマスの世界《せかい》がひろがっていた。

「クリスマスって、なんかわかんないけど、たのしいよね〜。それになんか今日《きょう》、W《ダブル》デートみたいだよね！」

隣《となり》を歩《ある》く智司《さとし》くんはきょろきょろと景色《けしき》を見回《みまわ》しながら、わたしに笑《わら》いかけてくる。智《さと》司《し》くんがなんだかすっかり男《おとこ》の子《こ》になっていて、緊張《きんちょう》してしまう。

「あ、うん。そう、だね」

これがW《ダブル》デートだとしたら、陽太《ひなた》と夢《ゆめ》ちゃん、そしてわたしと智司《さとし》くんというカップルになるのかな。前《まえ》を歩《ある》く、陽太《ひなた》と夢《ゆめ》ちゃんの後《うし》ろ姿《すがた》は、もうすでに、ラブラブのカップルみたいに見《み》えてくる。

「楓《かえで》ちゃんは、たのしくない？」

無意識《むいしき》に、切《せつ》ない顔《かお》を浮《う》かべてしまっていたのかもしれない。智司《さとし》くんが眉《まゆ》を下《さ》げて、困《こま》ったようにきいてきた。

ダメだ。こんな顔《かお》してちゃ。それに、久《ひさ》しぶりに智司《さとし》くんに会《あ》えて、うれしいのに。

「え、ううん！　昨日《きのう》わくわくしすぎてあんまり眠《ねむ》れなかったから、ごめん」

わたしはとっさに、うそをついた。でも、あながちうそでもなかったのかもしれない。

だって、いろんな意味《いみ》で昨日《きのう》は眠《ねむ》れなかった。

「そっかぁ。俺《おれ》も、すごいたのしみだったんだ。楓《かえで》ちゃんに会《あ》うの」

「え……なんで？」

「陽太《ひなた》、いつも、楓《かえで》ちゃんの話《はなし》、たのしそうにしてくれるから」

陽太《ひなた》が、いつも、わたしの話《はなし》――？

「それって、どんな」

言《い》いかけたけど、続《つづ》けて智司《さとし》くんがしゃべりかけてくるほうがはやかった。

「ねえ、陽太《ひなた》は俺《おれ》の話《はなし》とかしてた?!」

智司《さとし》くんの目《め》は、サンタクロースからのプレゼントを前《まえ》にした子供《こども》みたいに、きらきらしている。

「ううん、してなかった」

わたしは考《かんが》えるひまもなく言《い》った。だって今日《きょう》まで、陽太《ひなた》と智司《さとし》くんがこんなに仲《なか》よしなことも知《し》らなかった。

「え、うそ……」

途端《とたん》に涙目《なみだめ》になる智司《さとし》くん。

なんか、智司《さとし》くんって、無愛想《ぶあいそう》な陽太《ひなた》とは正反対《せいはんたい》で、表情《ひょうじょう》がころころ変《か》わって面白《おもしろ》い。

わたしは、くすくす笑《わら》った。こんなふうに笑《わら》うのは、なんだか久《ひさ》しぶりな気《き》がした。

「でも陽太《ひなた》、学校《がっこう》の友達《ともだち》じゃなくて、智司《さとし》くんを呼《よ》んだのは、智司《さとし》くんをいちばんの親友《しんゆう》だと思《おも》ってるからだと思《おも》う!」

「楓《かえで》ちゃん……! そうだよね、ありがとう!」

智司《さとし》くんは、陽太《ひなた》を大切《たいせつ》に思《おも》っているんだな。わたしが夢《ゆめ》ちゃんのことを大好《だいす》きなのと同《おな》じように。なのに大好《だいす》きな友達《ともだち》に近頃《ちかごろ》はヤキモチばっかりやいて、わたしってほんとうにいやな女《おんな》の子《こ》。

ちゃんと、協力《きょうりょく》しなきゃ——……。

わたしは、そう自分《じぶん》に命《めい》じながら、前《まえ》を向《む》いた。そのときだった。歩《ある》くのが遅《おそ》かったからだろうか、こちらを振《ふ》り向《む》いていた陽太《ひなた》とぱちりと目《め》があった。

でも陽太《ひなた》は無視《むし》するみたいに、ふいっとわたしから、顔《かお》を背《そむ》けた。

——また、意地悪《いじわる》。

わたしは小《ちい》さくためいきをついた。すると智司《さとし》くんが、ふふっと笑《わら》った。

「あいつ、不器用《ぶきよう》だよね」

「え？」

智司《さとし》くんの声《こえ》は、よく、きき取《と》れなかった。

「ううん、なんでもない。ねえ楓《かえで》ちゃん、メリーゴーランド乗《の》らない?! きっとたのしい気分《きぶん》になるよ!!」

それから智司《さとし》くんは、前方《ぜんぽう》に見《み》えてきたメリーゴーランドを指差《ゆびさ》して言《い》うと、返事《へんじ》も待《ま》たずに強引《ごういん》にわたしの手《て》を引《ひ》いていった。

「え?! あ、うんっ」

わたしは智司《さとし》くんに引《ひ》っ張《ぱ》られていく。

「ほら、陽太《ひなた》、夢《ゆめ》ちゃんも! メリーゴーランド、たのしいよ!」

智司《さとし》くんが、わたしの手《て》をつかんでいないほうの手《て》で、手招《てまね》きしてふたりを誘《さそ》う。

「陽太《ひなた》くん、行《い》こう!」

そう言《い》って、夢《ゆめ》ちゃんが、陽太《ひなた》の腕《うで》をつかんだのが視界《しかい》に映《うつ》る。

「あ、うん」

ほら、陽太《ひなた》と夢《ゆめ》ちゃん、すごく似合《にあ》ってる――。

♡

「たくさん遊《あそ》んだねー!」

智司《さとし》くんが、うーんと伸《の》びをする。気《き》がつけばもう、夕方《ゆうがた》だ。空《そら》が、一日《いちにち》の終《お》わりを告《つ》げるように、赤《あか》く染《そ》まり始《はじ》めている。

あれから、智司《さとし》くんが盛《も》りあげてくれたおかげもあって、みんなでいろんなアトラクシヨンに乗《の》って、かわいいキャラクターたちと写真《しゃしん》を撮《と》ったり、人気《にんき》のキャラメルポップコーンやチュロスを食《た》べたりして、いっぱい笑《わら》って、たのしい時間《じかん》が過《す》ぎていった。

だから——わたしはちょっと、忘《わす》れていた。

「ねえ、観覧車《かんらんしゃ》に乗《の》らない？」

そう、夢《ゆめ》ちゃんが言《い》い出《だ》すまで。

考《かんが》えないようにしていたのかもしれない。夢《ゆめ》ちゃんが観覧車《かんらんしゃ》で、陽太《ひなた》に告白《こくはく》すること。

昨日《きのう》電話《でんわ》で夢《ゆめ》ちゃんに「だからね絶対《ぜったい》にふたりきりにしてほしいの」って頼《たの》まれた。

わたしは「わかった」って答《こた》えた。悲《かな》しくないって言《い》ったらうそになる……。でも、大《だい》好《す》きな夢《ゆめ》ちゃんのために、わたし、がんばるよ。

♡

乗《の》り場《ば》まで少《すこ》し並《なら》んで、いよいよ観覧車《かんらんしゃ》の順番《じゅんばん》がやってきた。

「あ、ピンクのゴンドラ来《き》た！　わたし、ピンクがいいから智司《さとし》くんと先《さき》に乗《の》るね！」

わたしはきのう電話《でんわ》で夢《ゆめ》ちゃんと決《き》めた作戦通《さくせんどお》り、智司《さとし》くんを誘《さそ》って先《さき》にやってきたゴンドラに乗《の》りかけた。

そのとき――陽太《ひなた》が、わたしの手《て》を、ぱっとつかんだ。

「え？」

わたしは陽太《ひなた》のほうを見《み》た。陽太《ひなた》はまっすぐに、わたしを見《み》つめていた。

「何《なに》やってんだよ。楓《かえで》、高《たか》いとこ、苦手《にがて》だろ」

「あ……そうだけど……」

「智司《さとし》、俺《おれ》ら下《した》で待《ま》ってるから、楠田《くすだ》さんと乗《の》ってきて」

うれしい気持《きも》ちがこみあげてくる。……でも、どうしよう――。作戦《さくせん》、失敗《しっぱい》だ。

振《ふ》り向《む》くと、明《あき》らかに夢《ゆめ》ちゃんの顔《かお》が引《ひ》きつっている。

「わーいいの?!　俺《おれ》もピンクに乗《の》りたかったんだー！　楓《かえで》ちゃん高《たか》いところ苦手《にがて》みたいだし、夢《ゆめ》ちゃん行《い》こー！」

けれど智司《さとし》くんは気《き》にせずに、というか夢《ゆめ》ちゃんの表情《ひょうじょう》の変化《へんか》に気《き》がつくこともなく、夢《ゆめ》ちゃんの手《て》を取《と》って、一直線《いっちょくせん》にピンクのゴンドラへと乗《の》り込《こ》んでいった。

「えっ、えっ?!」

夢《ゆめ》ちゃんは焦《あせ》りながら、助《たす》けを求《もと》めるように、わたしに手《て》を伸《の》ばす。

「ほら夢《ゆめ》ちゃん、はやくはやく！」

智司《さとし》くんは、無邪気《むじゃき》にはしゃいでいる。

ああ……夢《ゆめ》ちゃんが、観覧車《かんらんしゃ》のなかに連《つ》れさられていく。

瞬《また》く間《ま》に、ふたりを乗《の》せた観覧車《かんらんしゃ》は上昇《じょうしょう》していった。

わたしは、去《さ》っていくピンクのゴンドラを見《み》て、ほんとうは、ほっとしていたのかもしれない……。夢《ゆめ》ちゃんの告白《こくはく》に陽太《ひなた》がうなずいたら、何《なに》もかもがなくなってしまう……。

そんな気《き》がしていたから。

♡

観覧車下《かんらんしゃした》のベンチで、ふたりを乗《の》せたゴンドラが戻《もど》ってくるまで、陽太《ひなた》と待《ま》つことになった。

「なんでお前《まえ》、高《たか》いとこダメなのに観覧車乗《かんらんしゃの》ろうとしたんだよ？　そんなに智司《さとし》と乗《の》りたかったわけ？」

「えっと……」

全部違《ぜんぶちが》う。そう言《い》いたかったけれど、うまく言葉《ことば》が浮《う》かんでこない。

わたしが黙《だま》り込《こ》んでいると、陽太《ひなた》が続《つづ》けた。

「小五《しょうご》のときさ、なんでお前《まえ》が迷子《まいご》になったか覚《おぼ》えてる？」

陽太《ひなた》は、観覧車《かんらんしゃ》のほうへ落《お》ちてくるかのような夕日《ゆうひ》を見《み》つめながら、そうきいた。

「……えっと、なんでだっけ？」

「みんながさ、ジェットコースターが乗《の》りたいって言《い》ったとき、お前《まえ》は、高《たか》いところこわいから待《ま》ってるって言《い》ってたのに、降《お》りてきたら、いなくなってたんだよ」

――そうだった。

みんなを待《ま》っていたら、きゅうにお手洗《てあら》いに行《い》きたくなって、すぐ戻《もど》るつもりだったのに、でもなかなかお手洗《てあら》いが見《み》つからなくて、そのうちに迷子《まいご》になったんだ。

「よく、覚《おぼ》えてるね」

「いや、俺《おれ》も一緒《いっしょ》に、待《ま》ってたらよかったたって思《おも》ったから。ジェットコースターそんなに好《す》きじゃないし。ひとりにして、悪《わる》かったなって」

「そんな……わたしのことなんて、気《き》にしなくていいよ」

お願《ねが》い。これ以上《いじょう》、優《やさ》しくしないで。

これ以上好《いじょうす》きになったら、好《す》きが爆発《ばくはつ》して大変《たいへん》なことになってしまう。

「なんで？　友達《ともだち》だろ」

陽太《ひなた》が言《い》う。

——友達《ともだち》……。

「……そう、だね」

どうしてだろう、目《め》がうるんできて、どうしようもない。泣《な》くつもりなんてないのに、勝手《かって》にあふれてくる。友達《ともだち》って、こんなに残酷《ざんこく》な言葉《ことば》だっけ……？

「お前《まえ》、なんで泣《な》いてんの……？」

「泣《な》いて、ない。目薬《めぐすり》さしたの」

わたしはコートの袖《そで》で、涙《なみだ》をぬぐった。でも、つぎつぎにあふれてきて、とまらない。

「は？　何《なに》そのわかりやすいうそ。楓《かえで》、最近変《さいきんへん》だよ。何隠《なにかく》してんの？」

「……べつに、何《なに》も隠《かく》してない」

「じゃあ、俺《おれ》のこと、きらいになった？」

「え……そんなわけない」

陽太《ひなた》がじっと、のぞき込《こ》むみたいに、こっちを見《み》ている。

「じゃあ、避《さ》けんなよ」

そして次《つぎ》の瞬間《しゅんかん》、陽太《ひなた》は涙《なみだ》をぬぐうように、わたしの頬《ほお》に手《て》を添《そ》えた。

そのとき、観覧車《かんらんしゃ》から、夢《ゆめ》ちゃんと智司《さとし》くんが降《お》りてきた。

やばい。どうしよう……。最悪《さいあく》のタイミングだ。これじゃ、誤解《ごかい》されてしまう。

「……楓《かえで》ちゃん、なんで……？」

夢《ゆめ》ちゃんが、傷《きず》ついた瞳《ひとみ》でわたしを見《み》て、そう言《い》い放《はな》つ。

「ち、違《ちが》うの……」

わたしは瞬時《しゅんじ》に、陽太《ひなた》から離《はな》れた。でも遅《おそ》かった。

「応援《おうえん》するって言《い》ったのに……うそつき……！」

夢《ゆめ》ちゃんの目《め》には涙《なみだ》があふれている。そして、言《い》い訳《わけ》もできないままに、夢《ゆめ》ちゃんはひとり、わたしから遠《とお》ざかるようにかけだした。

「待《ま》って夢《ゆめ》ちゃん……！」

——どうしよう。応援《おうえん》するって、言《い》ったのに……。

でも……、もう、自分《じぶん》にうそもつけない。このままじゃ、ふたりとも、傷《きず》つくだけだ。

わたしは、覚悟《かくご》を決《き》めて夢《ゆめ》ちゃんを追《お》いかけた。

♡

しばらくして、やっと夢《ゆめ》ちゃんを見《み》つけた。

夢《ゆめ》ちゃんは大《おお》きなクリスマスツリーの下《した》のベンチに座《すわ》って、泣《な》いていた。

「楓《かえで》ちゃん、ごめん……」

わたしが近寄《ちかよ》ると、夢《ゆめ》ちゃんは言《い》った。わたしは、びっくりした。

「どうして夢《ゆめ》ちゃんが、謝《あやま》るの……？ 謝《あやま》らなきゃいけないのは、わたしなのに」

「ううん、違《ちが》う……謝《あやま》らなくちゃいけないのは、わたし。わたし、楓《かえで》ちゃんにひどいことした。ほんとうはね、楓《かえで》ちゃんの気持《きも》ち、最近《さいきん》は、気《き》づいてたの……っ。でも、陽太《ひなた》くんのこと、好《す》きで、わたし、必死《ひっし》になっちゃったっ」

きっと、そんなこと、言《い》いにくかったと思《おも》う。

でも夢《ゆめ》ちゃんは、正直《しょうじき》にそう言《い》ってくれた。わたしは夢《ゆめ》ちゃんの隣《となり》に座《すわ》った。

「夢《ゆめ》ちゃん……。夢《ゆめ》ちゃんはわるくないよ。わたしが、最初《さいしょ》から言《い》えばよかったんだ。わたしも陽太《ひなた》のことが好《す》きだって……なのに、言《い》えなかった。応援《おうえん》するって言《い》ったのに……うそついてごめん」

夢《ゆめ》ちゃんがわたしを見《み》て、ふるふると首《くび》を振《ふ》る。相変《あいか》わらず、どんな仕草《しぐさ》をしていても、うらやましくなるくらい、かわいい。

それから夢《ゆめ》ちゃんは深呼吸《しんこきゅう》をすると、いつものやわらかい笑顔《えがお》を、わたしに向《む》けた。

「あのね……陽太《ひなた》くん、いつも楓《かえで》ちゃんの話《はなし》ばっかりしてた。楓《かえで》ちゃんのことばっかり見《み》てた。今日《きょう》だって、楓《かえで》ちゃんを連《つ》れてくるって言《い》ったから来《き》てくれた。きっと、同《おな》じ気持《きも》ちだよ」

夢《ゆめ》ちゃんがいつもの、春《はる》のひかりを閉《と》じ込《こ》めたようなやさしい口調《くちょう》で言《い》う。

「……ほんと？」

「うん。陽太《ひなた》くん、きっと、楓《かえで》ちゃんがいなくなって心配《しんぱい》してると思《おも》う。楓《かえで》ちゃん、気持《きも》ち伝《つた》えてきて。わたしは、陽太《ひなた》くんも楓《かえで》ちゃんも大好《だいす》きだから、ふたりが幸《しあわ》せになってくれたら、それでハッピーだよ」

それはいつか、わたしが夢《ゆめ》ちゃんに思《おも》っていた気持《きも》ち。だけど、心《こころ》の底《そこ》からはそう思《おも》えていなかった。だってわたし、ずっと陽太《ひなた》が好《す》きだった。誰《だれ》よりも陽太《ひなた》が好《す》きだって、そう思《おも》っていたから。

「夢《ゆめ》ちゃん……ありがとう。わたし、がんばるよ！」

「うん！　ねえ楓《かえで》ちゃん、これからも友達《ともだち》でいてくれる？」

「あたりまえだよ！」

夢《ゆめ》ちゃんはほんとうに、すてきな女《おんな》の子《こ》だ。

わたしはうなずいて、夕暮《ゆうぐ》れのなか、イルミネーションで埋《う》めつくされた遊園地《ゆうえんち》のきらきらのなかを走《はし》った。

ふられてもいい。関係《かんけい》がこわれてもいい。

この気持《きも》ち、陽太《ひなた》に伝《つた》えなきゃ――。

♡

視線《しせん》のさきに、わたしと同《おな》じように息《いき》を切《き》らしている陽太《ひなた》の姿《すがた》が見《み》える。きっとわたしのことをさがしてくれているのだとわかった。

「やっと見《み》つけた。お前《まえ》、どこ行《い》ってたんだよ」

陽太《ひなた》はわたしを見《み》つけて、そう言《い》った。それはあのときと同《おな》じだけど、少《すこ》し、違《ちが》う。

「ごめん……さがしてくれて、ありがとう」

「べつに……、いきなりいなくなるから焦《あせ》ったけど」

陽太《ひなた》は、ふうと息《いき》をつく。

「あのね……、わたし、陽太《ひなた》に言《い》いたいことがあるの……」

わたしは、小《ちい》さく深呼吸《しんこきゅう》をした。

「何《なに》？」

ねえ、夢《ゆめ》ちゃん。

わたし、がんばって言《い》うよ——だってもう、このまま友達《ともだち》じゃ、切《せつ》なすぎるから。

「わたし、わたしね……ずっと前《まえ》から、陽太《ひなた》のことが、好《す》き……だったの！　でも……、陽太《ひなた》との関係《かんけい》がこわれるのがいやだったから、言《い》えなかった。この間《あいだ》、夢《ゆめ》ちゃんが陽太《ひなた》のこと好《す》きだってきいて、応援《おうえん》するよって言《い》った……。でも、応援《おうえん》できなかった。だって……陽太《ひなた》がほかの女《おんな》の子《こ》好《す》きになるの、耐《た》えられない。だから……だから……っ、わたしのこと、好《す》きになってください……！」

わたしは涙目《なみだめ》になって、そう叫《さけ》んだ。

おそるおそる陽太《ひなた》のほうを見《み》ると、陽太《ひなた》はぽかんとした顔《かお》を浮《う》かべている。

「……何言《なにい》ってんの……？」

それはなんだか、いつもの陽太《ひなた》の声《こえ》とは違《ちが》って、わたしはいっきに恥《は》ずかしくなってきて、ちょっと青《あお》ざめた。

「ご、ごめん……やっぱ、いまの無《な》し」

だから取《と》り消《け》すみたいにそう言《い》って、陽太《ひなた》に背《せ》を向《む》けた、

「いや、無《な》しとか許《ゆる》さないから」

すると陽太《ひなた》はわたしの肩《かた》をぐいっとつかんで、強引《ごういん》に自分《じぶん》のほうを向《む》かせた。

再《ふたた》び目《め》があう。陽太《ひなた》は、大《おお》きなため息《いき》をついた。それは何《なに》か、怒《おこ》っているみたいな様子《ようす》だった。

どうしよう……。好《す》きなんて言《い》ったからだ。

わたしは、時間《じかん》を巻《ま》き戻《もど》したい気持《きも》ちでいっぱいだった。

ああ……神様《かみさま》……。わたしは祈《いの》るように、現実《げんじつ》から目《め》を背《そむ》けるように、目《め》をつむった。

暗闇《くらやみ》のなかで、陽太《ひなた》が話《はな》し始《はじ》める。

「てゆうかさ……俺《おれ》、楓《かえで》のこと、ずっと好《す》きだったよ?」

……え?

「なのにお前《まえ》が、夢《ゆめ》ちゃんとメッセージ交換《こうかん》してとか、今日《きょう》だってくっつけようとしたり、いきなり意味不明《いみふめい》なこと言《い》いだすんだろ? 俺《おれ》のほうが、きらわれてんのかと思《おも》ってた」

え……、ちょっと待《ま》って。

いまのは……、何《なに》？　現実《げんじつ》？

――陽太《ひなた》が……わたしを……好《す》き……?!

「つーかお前《まえ》、マジで鈍感《どんかん》すぎだから。ほかの女子《じょし》からの告白断《こくはくことわ》ってる時点《じてん》で気《き》づけよ。俺《おれ》、めっちゃがんばって話《はな》しかけてたし。それに三日《みっか》に一回《いっかい》は、メッセージも送《おく》ってただろうが」

あぜんとしているわたしのそばで、陽太《ひなた》はそう言《い》い終《お》えると、照《て》れくさそうに頬《ほお》を掻《か》いた。

わたしはいまいち状況《じょうきょう》がのみ込《こ》めないままで……、でも、いま死《し》んでもいいと思《おも》えるくらい、心《こころ》のなかは、うれしさでいっぱいになっていた。

「うそ……いやがらせだと思《おも》ってた。だってメッセージも、ぜんぜん中身《なかみ》ないし……」

どうしてだろう。涙《なみだ》がでてくる。うれしいときにも、涙《なみだ》がでるなんて、知《し》らなかった。

「はぁ?!」

陽太《ひなた》はなんだか、不服《ふふく》そうだ。

「陽太《ひなた》」

そのとき、智司《さとし》くんが片手《かたて》をあげてさわやかに登場《とうじょう》した。その背後《はいご》から、夢《ゆめ》ちゃんがひょっこり顔《かお》をだす。

「あの楓《かえで》ちゃん、わたしたち、先《さき》に帰《かえ》るね」

「え？」

「なんか智司《さとし》くんが、おいしいカフェに連《つ》れていってくれるって言《い》うから、一緒《いっしょ》に行《い》ってくる」

夢《ゆめ》ちゃんは、そう顔《かお》を赤《あか》らめながら言《い》う。

「そういうことだから陽太《ひなた》、お先《さき》に！　行《い》こっか、夢《ゆめ》ちゃん」

「うん！」

夢《ゆめ》ちゃんの目《め》は、智司《さとし》くんをうっとりと見《み》つめている。

（夢《ゆめ》ちゃん……まさか……惚《ほ》れっぽいだけ……？）

わたしが悩《なや》んでいたのはいったい……。

（まあ、いっか）

わたしは苦笑《にがわら》いしながらも、心《こころ》のなかで、「夢《ゆめ》ちゃん、ありがとう」そう唱《とな》えた。

ふたりがいなくなる。

気《き》がつけば、もう辺《あた》りは、かなり暗《くら》くなり始《はじ》めていた。

観覧車《かんらんしゃ》は、まるでクリスマスのリースみたいにライトアップされて、きらきらとひかっている。そしていつかと同《おな》じように、暗《くら》くなり始《はじ》めた空《そら》からは、雪《ゆき》が降《ふ》り始《はじ》めた。

「うわぁっ」

わたしは目《め》に映《うつ》る光景《こうけい》に感動《かんどう》して、思《おも》わず声《こえ》をあげた。

「あのさ、観覧車《かんらんしゃ》、乗《の》ろっか」

陽太《ひなた》が頬《ほお》を掻《か》いて言《い》う。

「え？　でもわたし……高《たか》いところ」

そのとき陽太《ひなた》が、わたしの手《て》をぎゅっとつかんだ。

「こうしてれば、大丈夫《だいじょうぶ》」

その台詞《せりふ》は、あのときと一緒《いっしょ》だけど、やっぱり違《ちが》う。だって信《しん》じられないけど、いま陽《ひな》太《た》はわたしの彼氏《かれし》で、わたしは陽太《ひなた》の彼女《かのじょ》になれたのだから。

「あと、いやがらせじゃないから」

それから陽太《ひなた》は、顔《かお》を赤《あか》らめてそう言《い》った。

そしてわたしたちは、手《て》をつないだまま、きらきらのひかりのなかに乗《の》り込《こ》んで行《い》った。

ねえ陽太《ひなた》、今日《きょう》は最高《さいこう》の、クリスマスだよ。

お茶《ちゃ》をしに行《い》った
夢《ゆめ》と智司《さとし》は

夢《ゆめ》が智司《さとし》に連《つ》れてこられた場所《ばしょ》は、まるでお城《しろ》のようなカフェだった。

「すっごい、かわいいー！」

インテリアのひとつひとつに夢《ゆめ》ははしゃいでいる。智司《さとし》はそんな夢《ゆめ》をにこにこ見《み》つめている。

「俺《おれ》ね、かわいいもの好《す》きなの」

「わたしも、かわいいもの大好《だいす》き！」

「「ねー♡」」ふたりの甘《あま》ったるい声《こえ》が重《かさ》なる。

「でもさ……夢《ゆめ》ちゃん、陽太《ひなた》のこと好《す》きだったんでしょ？　よかったの？」

「うん。陽太《ひなた》くんは、楓《かえで》ちゃんのことが好《す》きだったから」

夢《ゆめ》は答《こた》えた。（陽太《ひなた》くんのこと、まだ好《す》きだったけど……

わたしが入《はい》る余地《よち》なんて、はじめからなかったの）。

ふたりの気持《きも》ちは、きっと、ずっと前《まえ》から決《き》まっていた。

「そっか……」

智司《さとし》は、夢《ゆめ》のあたまをぽんぽんと優《やさ》しくなでる。

「夢《ゆめ》ちゃん、いい子《こ》だね」

「ううん。わたしは、悪《わる》い子《こ》だよ。楓《かえで》ちゃんの気《き》持《も》ち、知《し》ってたんだもん」

夢《ゆめ》は苦笑《にがわら》う。恋《こい》はときどき、こわい。恋《こい》する気《き》持《も》ちは、美《うつく》しくも醜《みにく》くもなる。

でも夢《ゆめ》がしたかったのは、そんな極端《きょくたん》な恋《こい》じゃない。もっと、ピンク色《いろ》で、ハッピーなものだ。

「俺《おれ》は、悪《わる》い子《こ》好《す》きだよ？」すると智司《さとし》が、いつもの声色《こわいろ》とは違《ちが》う声《こえ》で言《い》った。

「どうして？」

「だって俺《おれ》も、観覧車《かんらんしゃ》のなかに夢《ゆめ》ちゃんをさらった悪《わる》い子《こ》だから」

智司《さとし》は、にこりと笑《わら》って言《い》った。夢《ゆめ》は、目《め》をぱちくりとさせた。

「あはは、本当《ほんとう》に悪《わる》い子《こ》だ」

「ねえ、こんな僕《ぼく》だけど、悪《わる》い子同士《こどうし》仲良《なかよ》くしてくれる？」

智司《さとし》は夢《ゆめ》の顔《かお》をのぞき込《こ》み、首《くび》を傾《かし》げる。

「もちろんだよ♡」

夢《ゆめ》はうなづいて、かわいいカップに注《つ》がれた甘《あま》いミルクティーを、ひと口《くち》飲《の》んだ。

それから窓《まど》の外《そと》を見《み》つめ、今頃《いまごろ》、楓《かえで》ちゃんがしあわせになっていますようにと、願《ねが》った。

第《だい》三《さん》話《わ》

結《ゆい》の恋《こい》

先輩《せんぱい》の、その音色《ねいろ》を聴《き》いた瞬間《しゅんかん》、わたしは恋《こい》に落《お》ちたんだと思《おも》う。

だけどそれは、叶《かな》うはずのない、恋《こい》だった。

♡

真新《まあたら》しい制服《せいふく》を着《き》たわたしの胸《むね》のなかで、小《ちい》さな革命《かくめい》が起《お》こったことは、だれも知《し》らない。

新入生歓迎会《しんにゅうせいかんげいかい》の最中《さいちゅう》だった。

部活紹介《ぶかつしょうかい》が行《おこな》われるなかで、吹奏楽部《すいそうがくぶ》の発表《はっぴょう》が始《はじ》まった。曲名《きょくめい》は、なんだったんだろう。

覚《おぼ》えていないのは、ある人《ひと》に夢中《むちゅう》になっていたからだと思《おも》う。

舞台《ぶたい》の中央《ちゅうおう》で、フルートを吹《ふ》いていた、椎名薫先輩《しいなかおるせんぱい》。

なんて、きれいな人《ひと》なんだろう――……。

堂々《どうどう》と、たのしそうに演奏《えんそう》している姿《すがた》に見《み》とれながら、わたしの身体《からだ》にはかみなりが落《お》ちてきたような衝撃《しょうげき》が走《はし》っていた。


――あの先輩《せんぱい》みたいに、なりたい……！


まるで、一目惚《ひとめぼ》れのようにそう思《おも》った。

「ごめん咲《さき》、わたし、やっぱり吹奏楽部《すいそうがくぶ》に入《はい》る！」

だから演奏《えんそう》が終《お》わった瞬間《しゅんかん》、意思《いし》よりはやく心《こころ》から声《こえ》がでるみたいに、そう言《い》った。

「え、えー?!」

隣《となり》に座《すわ》っていた小学校《しょうがっこう》のときからの親友《しんゆう》の鈴宮咲《すずみやさき》は、びっくりして目《め》をぱちくりとさせた。

というのも、咲《さき》とは一緒《いっしょ》にバレー部《ぶ》に入《はい》ろうねって約束《やくそく》をしていた。だから、ほんとうに申《もう》し訳《わけ》ないことをしちゃったけど……、でも、運命《うんめい》を感《かん》じてしまったから。

わたしは、その日《ひ》のうちに、吹奏楽部《すいそうがくぶ》に入部届《にゅうぶとどけ》を提出《ていしゅつ》した。

♡

それから一週間《いっしゅうかん》が経《た》って、はじめての部活《ぶかつ》の日《ひ》になった。

今日《きょう》からはじまるんだ。教室《きょうしつ》とは違《ちが》う、音楽室独特《おんがくしつどくとく》の空気《くうき》と、ちょっと非現実的《ひげんじつてき》な雰囲《ふんい》気《き》に、胸《むね》が高鳴《たかな》った。

今年《ことし》の入部希望者《にゅうぶきぼうしゃ》は、例年《れいねん》よりも多《おお》いらしくて、十五人《じゅうごにん》だった。

やたらと女《おんな》の子《こ》が多《おお》かったのは、あきらかに椎名先輩《しいなせんぱい》の影響《えいきょう》だったと、いまならわかるけれど、その日《ひ》はこんなものなのかなと感《かん》じていた。

「じゃあ、担当《たんとう》したい楽器《がっき》を、第二希望《だいにきぼう》まで書《か》いて、提出《ていしゅつ》してくださーい」

顧問《こもん》の先生《せんせい》が、集《あつ》まった一年生《いちねんせい》にそう指示《しじ》をだして、ひとりひとりに紙《かみ》を配《くば》った。

第一希望《だいいちきぼう》……。

わたしは渡《わた》された紙《かみ》に、すらすらと文字《もじ》を走《はし》らせた。だってそんなのはもう、入部《にゅうぶ》する前《まえ》から決《き》まっている。

椎名薫先輩《しいなかおるせんぱい》と同《おな》じ、フルートだ。

新入生歓迎会《しんにゅうせいかんげいかい》の日《ひ》から、あのきらきらした姿《すがた》が目《め》に焼《や》き付《つ》いて離《はな》れない。

フルートを吹《ふ》けるようになったら、少《すこ》しでも椎名先輩《しいなせんぱい》に近《ちか》づけるような気《き》がした。

第二希望《だいにきぼう》は、べつにないんだけど……、書《か》かなくちゃいけないのかな……。

わたしはあたまを悩《なや》ませる。うーん。全然《ぜんぜん》、わからない。

そもそも、どんな楽器《がっき》があるのかもよく知《し》らなかった。

あ、でも、小学生《しょうがくせい》のとき習《なら》った歌《うた》の歌詞《かし》に、クラリネットって楽器《がっき》が出《で》てきたような気《き》がする。

きっとフルートになるだろうから……、第二希望《だいにきぼう》はなんでもいい。

そう思《おも》って、第二希望《だいにきぼう》のところには、適当《てきとう》にクラリネットと書《か》いた。

そのときがらりと音楽室《おんがくしつ》の扉《とびら》がひらいて、椎名先輩《しいなせんぱい》が入《はい》ってきた。

ものすごいオーラだ。見《み》つめていると、圧倒《あっとう》されてしまう。

アイドルを間近《まぢか》で見《み》たら、こんな感《かん》じなのかな。

そのとき、じっと見《み》すぎたせいかもしれない。椎名先輩《しいなせんぱい》と目《め》があった。

あ、どうしよう。緊張《きんちょう》してたじろいだ瞬間《しゅんかん》、椎名先輩《しいなせんぱい》は、固《かた》まっているわたしに、にこりと笑《わら》いかけてくれた。

きゃー……ステキすぎるよ……！

憧《あこが》れ。わたしはその言葉《ことば》を、生《う》まれてはじめて感《かん》じていた。

♡

でも——なんということだろう、憧《あこが》れはすぐに、砕《くだ》け散《ち》ってしまった。

「今回《こんかい》はフルート志願者《しがんしゃ》が多数《たすう》だったため、経験者《けいけんしゃ》を優遇《ゆうぐう》して、あとの人《ひと》は抽選《ちゅうせん》を行《おこな》いました」

翌日《よくじつ》の部活《ぶかつ》の日《ひ》、そう、発表《はっぴょう》されたのだ。

え、えええー?!

もしかしたら……、というか、もしかしなくても、わたしと同《おな》じ考《かんが》えの生徒《せいと》が多《おお》かったみたいだった。

そして順番《じゅんばん》に、楽器《がっき》が振《ふ》り分《わ》けられていく。

経験者《けいけんしゃ》がいる以上《いじょう》、フルートに選《えら》ばれるのは、もはや絶望的《ぜつぼうてき》だった。気持《きも》ちがどんどんブルーに染《そ》まっていくなかで、わたしは顧問《こもん》の先生《せんせい》から、こう指示《しじ》を受《う》けた。

「柄本《えもと》さんは、クラリネットを担当《たんとう》してください」

ああ……まさか昨日適当《きのうてきとう》に、第二希望《だいにきぼう》に書《か》いたクラリネットになるなんて……。

「……はーあ」

わたしはちょっと絶望《ぜつぼう》しながら、だれにもきこえないくらいの、小《ちい》さなため息《いき》をついた。

フルートに選《えら》ばれた子《こ》が、うらやましい。

それにフルートをやれないいんじゃや、吹奏楽部《すいそうがくぶ》に入《はい》った意味《いみ》、ないかも。

だって、椎名先輩《しいなせんぱい》みたいになりたくて、吹奏楽部《すいそうがくぶ》に入《はい》ったのに——……。

わたしは肩《かた》を落《お》としながら、椎名先輩《しいなせんぱい》を見《み》つめた。

椎名先輩《しいなせんぱい》は、音楽室《おんがくしつ》の窓際《まどぎわ》で、フルートの手入《てい》れをしている。

きっと、わたしがフルートを持《も》っても、あんなふうに絵《え》にはならない。

椎名先輩《しいなせんぱい》みたいになりたいなんて、そんなの、無理《むり》だったのかな……。

そう思《おも》って、わたしはうつむいた。

入学式《にゅうがくしき》の日《ひ》には真新《まあたら》しくひかっていたローファーも、少《すこ》しだけくすんでいる。

これから、どうなるんだろう……。

「君《きみ》が、柄本結《えもとゆい》？」

汚《よご》れた靴《くつ》の先《さき》を見《み》つめ、落《お》ち込《こ》んでいると、つむじのうえのほうから声《こえ》が降《ふ》ってきた。

わたしは、自分《じぶん》の名前《なまえ》を呼《よ》ぶ、その声《こえ》の主《ぬし》を見上《みあ》げた。

目《め》にかかるくらいの前髪《まえがみ》の隙間《すきま》から見《み》える、少《すこ》し不機嫌《ふきげん》そうな目《め》をした男《おとこ》の子《こ》が、わたしを見下《みお》ろしていた。

――その人《ひと》が、萩原青先輩《はぎわらあおせんぱい》だった。

あのときのわたしはまだ、吹奏楽部《すいそうがくぶ》に入《はい》ったことを少《すこ》し後悔《こうかい》していた。

だけどいまでは、吹奏楽部《すいそうがくぶ》に入《はい》って、そしてクラリネットに選《えら》ばれたことが、わたしの運命《うんめい》だったんだって思《おも》うんだ。

♡

二年生《にねんせい》である萩原先輩《はぎわらせんぱい》が、一年生《いちねんせい》にクラリネットを教《おし》えてくれるようだった。

クラリネットになった子《こ》は、わたしのほかにもうひとりいたけど、風邪《かぜ》で休《やす》んでいるみたいで……すなわち、マンツーマンだった。

「クラリネット吹《ふ》いたことある？」

そんな状況《じょうきょう》で、緊張《きんちょう》するな、というほうが無理《むり》だった。だってはじめて話《はな》したとき、萩《はぎ》

原先輩《わらせんぱい》は、なんだか不機嫌《ふきげん》なかんじで、ちょっとこわかった。

「ないです」

わたしは怯《おび》えながら、首《くび》をふるふると振《ふ》った。

「楽器《がっき》は何《なに》かやってた？」

萩原先輩《はぎわらせんぱい》が淡々《たんたん》ときく。

わたしは、小学生《しょうがくせい》の頃《ころ》を思《おも》い浮《う》かべた。はじめて触《さわ》った楽器《がっき》はカスタネットだけど、さすがに、それは違《ちが》う。にらまれるのが目《め》に見《み》えている。ピアノは、バイエルの最初《さいしょ》のほうで、つまずいて辞《や》めてしまった。

得意《とくい》だったのは……。

「リコーダー……とか」

はっと思《おも》い出《だ》して言《い》った。そういえば、いつもリコーダーのテストのときは、ほめられていた。音《おと》がきれいに出《で》ているって。

でも萩原先輩《はぎわらせんぱい》は、小《ちい》さくため息《いき》をついた。

「初心者《しょしんしゃ》……か」

萩原先輩《はぎわらせんぱい》の呆《あき》れたような声色《こわいろ》が、ぐさりと刺《さ》さる。まあ、その通《とお》りなんだけど。

「クラリネットの音《おと》って、聴《き》いたことある？」

「聴《き》いたことないです……」

わたしはまた呆《あき》れられる覚悟《かくご》で、答《こた》えた。なんとなく、は、わかるけど、意識《いしき》して聴《き》いたことはなかった。萩原先輩《はぎわらせんぱい》は、やっぱりか……というような顔《かお》をした。

わたしは心《こころ》のなかで、この先輩《せんぱい》……なんだか意地悪《いじわる》だし、苦手《にがて》だな。そう思《おも》った。

「じゃ、一曲《いっきょく》、吹《ふ》いてみるから、聴《き》いてて。――『星《ほし》に願《ねが》いを』」

だけどそう言《い》って、萩原先輩《はぎわらせんぱい》がクラリネットを奏《かな》で始《はじ》めた瞬間《しゅんかん》だった――。

わたしのなかで、また革命《かくめい》がおこった。

新入生歓迎会《しんにゅうせいかんげいかい》のときは、椎名先輩《しいなせんぱい》のことばっかり見《み》ていたから、わからなかった。きこえなかった。萩原先輩《はぎわらせんぱい》の音《おと》。

わたしは音楽《おんがく》なんて、流行《りゅうこう》の歌《うた》しか聴《き》かないし、ぜんぜんわからない。

でも、萩原先輩《はぎわらせんぱい》の奏《かな》でる音《おと》はすごくきれいで、ずっと聴《き》いていたい――そう思《おも》った。

クラリネットが奏《かな》でられるたび、音《おと》がしゃぼん玉《だま》みたいにでてきて、わたしはきらきらひかるその音《おと》の玉《たま》に囲《かこ》まれていった。

クラリネットを演奏《えんそう》している萩原先輩《はぎわらせんぱい》は、美《うつく》しくて――……その姿《すがた》は、どこか椎名先輩《しいなせんぱい》と似《に》ていた。

「すごい……！」

演奏《えんそう》が終《お》わった瞬間《しゅんかん》、わたしは思《おも》わず立《た》ち上《あ》がって、拍手《はくしゅ》した。

「え……あ……」

萩原先輩《はぎわらせんぱい》は少《すこ》し、とまどっていた。周《まわ》りを見渡《みわた》すと、みんながこちらに注目《ちゅうもく》している。

ちょっと大《おお》きな声《こえ》をだしすぎたみたいだった。

「あ、ごめんなさい。感動《かんどう》しちゃって」

わたしはあわてて、座《すわ》った。

「いや……べつに」

「先輩《せんぱい》、わたし……、新入生歓迎会《しんにゅうせいかんげいかい》で椎名先輩《しいなせんぱい》のフルートを吹《ふ》く姿《すがた》を見《み》て吹奏楽部《すいそうがくぶ》に入《はい》ったんです。だから、ほんとうはフルートが第一希望《だいいちきぼう》で……フルートになれなくてかなしかったけど……、でも、萩原先輩《はぎわらせんぱい》のおかげで、クラリネットが好《す》きになれそうです。てゆうか、好《す》きになりました！」

わたしは思《おも》った通《とお》りの感想《かんそう》を口走《くちばし》った。今思《いまおも》えば、あの瞬間《しゅんかん》、好《す》きになったのは、クラリネットだけじゃなかったのかもしれない。

そしてまた大《おお》きな声《こえ》をだしていたのだろう、後《うし》ろのほうで椎名先輩《しいなせんぱい》がクスッと笑《わら》う。

萩原先輩《はぎわらせんぱい》は椎名先輩《しいなせんぱい》をにらみつけたあと、また呆《あき》れたみたいに小《ち》さくため息《いき》をついた。

「あっそう……なら、よかったけど。三年間《さんねんかん》、クラリネット吹《ふ》くわけだから、好《す》きになってもらわないと、困《こま》る」

そのとき――萩原先輩《はぎわらせんぱい》の言葉《ことば》に、ドキッとしたのはなぜだろう。

人《ひと》を好《す》きになるとき、そんなのは、たった一秒《いちびょう》でわかってしまうと、いつか読《よ》んだ本《ほん》に書《か》いてあった。

「……あ、そ、そうですよね！」

わたしは萩原先輩《はぎわらせんぱい》の無表情《むひょうじょう》な顔《かお》を眺《なが》めながらうなずいた。

「じゃあ、本格的《ほんかくてき》な練習《れんしゅう》は明日《あした》からだから。今日《きょう》は後《うし》ろのほうで見学《けんがく》してて」

萩原先輩《はぎわらせんぱい》は、音楽室《おんがくしつ》の後《うし》ろのほうの席《せき》を指差《ゆびさ》し、わたしのことをじっと見《み》た。

目《め》にかかる前髪《まえがみ》に隠《かく》れていてよくわからなかったけれど、萩原先輩《はぎわらせんぱい》はとてもきれいな顔《かお》をしていた。じっと見《み》つめられると、吸《す》い込《こ》まれてしまいそうになる。

「あ、はい」

わたしは思《おも》わず目《め》をそらし、席《せき》を立《た》って、移動《いどう》した。

「お前《まえ》、笑《わら》うなよ」
「だって、あの子《こ》、わたしに憧《あこが》れて入《はい》ったのに、青《あお》なんかのパートでかわいそうだなって思《おも》って」

指示《しじ》されたとおり、後《うし》ろの席《せき》に座《すわ》ると、椎名先輩《しいなせんぱい》と萩原先輩《はぎわらせんぱい》が、親《した》しげに話《はな》しているのが見《み》えた。

そのときわたしは、まだ何《なに》も知《し》らなかった。恋《こい》のうれしさも、切《せつ》なさも、何《なに》も。

わたしは何《なに》も知《し》らないまま、この新鮮《しんせん》な空間《くうかん》に、椎名先輩《しいなせんぱい》に、萩原先輩《はぎわらせんぱい》に、流《なが》れてくる音楽《おんがく》に、心《こころ》が揺《ゆ》さぶられ続《つづ》けていた。

♡

朝《あさ》はいつも、咲《さき》と一緒《いっしょ》に登校《とうこう》する。

家《いえ》が近《ちか》いから、咲《さき》が迎《むか》えに来《き》てくれるのだ。クラスも離《はな》れてしまったし、部活《ぶかつ》もわたしがバレー部《ぶ》に入《はい》らなかったせいで違《ちが》うから、咲《さき》と話《はな》せるのは、朝《あさ》のこの時間《じかん》だけだ。

「結《ゆい》、おはよー！」

「咲《さき》、おはよ！」

咲《さき》はいつも明《あか》るくて、サバサバしていて、話《はな》しやすい。わたしは咲《さき》が大好《だいす》きだ。だから、一緒《いっしょ》の部活《ぶかつ》に入《はい》ろうねって約束《やくそく》していたのに……一方的《いっぽうてき》に破《やぶ》ってしまったこと、やっぱり申《もう》し訳《わけ》ない気持《きも》ちでいっぱいになる。

「吹奏楽部《すいそうがくぶ》、どうー？」

だけど咲《さき》は、そんなわたしの気持《きも》ちを察《さっ》してくれているんだと思《おも》う。明《あか》るく質問《しつもん》をしてくれた。

「えっとね……クラリネットになっちゃった」

「え?! 結《ゆい》、あのきれいな先輩《せんぱい》に憧《あこが》れて、フルート吹《ふ》きたくて入《はい》ったんでしょ?! 意味《いみ》ないじゃん」

「まあ、そうなんだけど……。でも、クラリネットも好《す》きになったの！」

椎名先輩《しいなせんぱい》を見《み》たときはその姿《すがた》が目《め》に焼《や》きついて離《はな》れなかったけど、昨日《きのう》からは萩原先輩《はぎわらせんぱい》が奏《かな》でてくれた音《おと》が、ずっと身体《からだ》のなかを流《なが》れている。

あれから動画《どうが》サイトで、クラリネットの演奏《えんそう》を検索《けんさく》しては、萩原先輩《はぎわらせんぱい》が聴《き》かせてくれたのと同《おな》じ曲《きょく》――『星《ほし》に願《ねが》いを』を、何度《なんど》も聴《き》いた。

でも、どんな上手《うま》い人《ひと》の演奏《えんそう》よりも、萩原先輩《はぎわらせんぱい》の音《おと》がいつまでも耳《みみ》に張《は》り付《つ》いているのは、きっと目《め》の前《まえ》で、わたしだけのために奏《かな》でてくれたからなんだと思《おも》う。

「あ、そうなの……？　なら、いいけど……。でも、結《ゆい》に楽器《がっき》なんてできるのかなあ。バレーしかやってこなかったのに」

小学校《しょうがっこう》のとき、わたしと咲《さき》は、ずっとバレー部《ぶ》だった。咲《さき》と一緒《いっしょ》でたのしかったし、運動神経《うんどうしんけい》はいいほうだったから、活躍《かつやく》もできた。でも体操着《たいそうぎ》はあまり好《す》きじゃなかったし、あの汗《あせ》ばんだ体育館《たいいくかん》のにおいは、どちらかというときらいだった。

ほんとうはずっと心《こころ》のどこかで、椎名先輩《しいなせんぱい》みたいになりたいって、思《おも》っていたんだと思《おも》う。

あんなふうな、花《はな》が咲《さ》いたような、ステキな女《おんな》の子《こ》に。

「大丈夫《だいじょうぶ》！　咲《さき》、わたし、がんばるよ！」

舞台《ぶたい》の中央《ちゅうおう》できらきら光《ひか》る椎名先輩《しいなせんぱい》の姿《すがた》を思《おも》い浮《う》かべ、気《き》がつけばまたわたしは大《おお》きな声《こえ》をだしていた。

周《まわ》りの人《ひと》がいっせいに振《ふ》り返《かえ》るなかで、咲《さき》が、あははっと笑《わら》う。こういうわたしの、夢《む》中《ちゅう》になると周《まわ》りが見《み》えなくなってしまうダメな部分《ぶぶん》にも、咲《さき》はいつも笑《わら》ってくれる。

咲《さき》はまるで、ひまわりみたいな女《おんな》の子《こ》だって思《おも》う。

クラリネットが上手《じょうず》に吹《ふ》けるようになったら……わたしは、なんの花《はな》になれるだろう……。まだ、想像《そうぞう》もできないけれど、何《なに》かの花《はな》になれたらいいな。

「そっか。じゃ、応援《おうえん》してる！　てかあたし、野球部《やきゅうぶ》のマネージャーになったんだ」

「え?!」

思《おも》ってもみない報告《ほうこく》に、今度《こんど》はわたしが目《め》を丸《まる》くした。

「いやさー、クラスの友達《ともだち》が見学《けんがく》したいって言《い》うから、ついていったら、超《ちょう》かっこいい先《せん》輩《ぱい》がいてさー……一目惚《ひとめぼ》れしちゃったんだよね」

その先輩《せんぱい》のことを思《おも》い浮《う》かべているのだろう、咲《さき》の目《め》は、とろけている。

「……咲《さき》もなんだ……」

なんだかうれしくなりながら、わたしは思《おも》わずつぶやいた。

そのときわたしのあたまに浮《う》かんでいたのは、憧《あこが》れていたはずの椎名先輩《しいなせんぱい》じゃなくて、クラリネットを吹《ふ》いていた萩原先輩《はぎわらせんぱい》の姿《すがた》だった。

なんでだろう。萩原先輩《はぎわらせんぱい》のことばかりが思《おも》い浮《う》かんでしまう。昨日《きのう》はじめて話《はな》したのに、今日部活《きょうぶかつ》で、萩原先輩《はぎわらせんぱい》に会《あ》えることをたのしみにしている自分《じぶん》がいる。

「え?!」

「あ、ううん、咲《さき》も先輩《せんぱい》に憧《あこが》れて入部《にゅうぶ》したんだと思《おも》って」

あわててそう言《い》い直《なお》したのは、この気持《きも》ちが恋《こい》なのか、まだわからなかったから。ほんとうは、わかっていたのかもしれないけれど、そのときのわたしは、まだわからなかった。

「そうそう。そんでさ、野球部《やきゅうぶ》の試合《しあい》とかって、吹奏楽部《すいそうがくぶ》が応援《おうえん》に来《く》るよね?」

「まだ詳《くわ》しいこととかきいてないからわかんないけど、たぶんそういうのあると思《おも》う!」

「じゃあ、そのときまでお互《たが》い、がんばろ!」

咲《さき》が顔《かお》の横《よこ》でピースサインを作《つく》る。

「うん、そうだね!」

わたしもそれにならった。

♡

放課後《ほうかご》、部活《ぶかつ》の時間《じかん》がやってきた。

なんだか今日《きょう》は、一時間目《いちじかんめ》から放課後《ほうかご》までが、すごく長《なが》く感《かん》じた。

音楽室《おんがくしつ》に入《はい》ると、そこには萩原先輩《はぎわらせんぱい》がいて、わたしの鼓動《こどう》はそれだけではやくなった。

たったひとつ年上《としうえ》なだけなのに、同級生《どうきゅうせい》とはぜんぜん違《ちが》う。

なんだか大人《おとな》な雰囲気《ふんいき》を、萩原先輩《はぎわらせんぱい》はまとっている。

部活《ぶかつ》がはじまると、萩原先輩《はぎわらせんぱい》は、クラリネットパートの一年生《いちねんせい》を集《あつ》めた。

クラスもちがうし、この間《あいだ》は風邪《かぜ》で休《やす》んでいたから、もうひとりの子《こ》と顔《かお》をあわせるのははじめてだった。神谷時《かみやとき》ちゃんという名前《なまえ》で、クールビューティーという感《かん》じの、物静《ものしず》かな女《おんな》の子《こ》だった。

「演奏中《えんそうちゅう》は、腹式呼吸《ふくしきこきゅう》をすること。鼻《はな》で吸《す》って、口《くち》で吐《は》く」

「はい」

萩原先輩《はぎわらせんぱい》がクラリネットの奏法《そうほう》を教《おし》えてくれるのを、わたしたちは真剣《しんけん》に聴《き》いた。

「じゃ、呼吸《こきゅう》を意識《いしき》して、今日《きょう》は音《おと》がでるか、試《ため》しに吹《ふ》いてみよっか」

説明《せつめい》が一通《ひととお》り終《お》わったところで、萩原先輩《はぎわらせんぱい》が言《い》った。

「あの……萩原先輩《はぎわらせんぱい》、質問《しつもん》なんですけど、わたし楽器《がっき》持《も》ってないんです……。買《か》わなくちゃいけないんでしょうか？」

わたしはこわごわと質問《しつもん》した。勢《いきお》いで吹奏楽部《すいそうがくぶ》に入《はい》ったものの、楽器《がっき》って、ものすごく高《たか》いんじゃ……。

「ああ、それは大丈夫《だいじょうぶ》。部《ぶ》のがあるから。あ、でも部費《ぶひ》で購入《こうにゅう》しないと、いま一本《いっぽん》しかないかも……」

萩原先輩《はぎわらせんぱい》は少《すこ》し考《かんが》え込《こ》んで、

「柄本《えもと》、俺《おれ》の使《つか》う？」

真顔《まがお》でそう言《い》った。

「……えええええ?!」

わたしはまたもや声《こえ》を荒《あら》らげてしまった。ふっとうするみたいに、顔《かお》が、赤《あか》らんでいく。だってそんなの……間接《かんせつ》キス。

「わたしは、大丈夫《だいじょうぶ》です。親戚《しんせき》の音大《おんだい》に通《かよ》っているお姉《ねえ》さんが、もう使《つか》わない楽器《がっき》をゆずってくださったので、クラリネット持《も》ってきました。それから、お姉《ねえ》さんに習《なら》って、少《すこ》し練習《れんしゅう》してきたので、音《おと》はだせるようになりました」

混乱《こんらん》していると、時《とき》ちゃんが、淡々《たんたん》と告《つ》げた。

「そっか。じゃあ柄本《えもと》は、部《ぶ》の借《か》りてきて。倉庫《そうこ》にあるから」

「えっ、あ、はいっ。わかりました。借《か》りてきます！」

♡

「はぁ……」

いきなり「俺《おれ》の使《つか》う？」なんて、びっくりした……。でも、時《とき》ちゃんも親戚《しんせき》のお姉《ねえ》さんから楽器《がっき》をゆずってもらったと言《い》っていたし、貸《か》し借《か》りするのは、よくあることなのかもしれない……。

わたしは音楽室《おんがくしつ》の隣《となり》にある倉庫《そうこ》に向《む》かいながら、心臓《しんぞう》の音《おと》がおさまるのを待《ま》った。

「じゃあ、納本《えもと》、鳴《な》らしてみて」

そのあと楽器《がっき》の持《も》ち方《かた》などを一通《ひととお》り教《おし》えてもらったあとで、とうとうその時《とき》がやってきた。

「はい」

わたしは昨日《きのう》の萩原先輩《はぎわらせんぱい》の音《おと》を思《おも》い出《だ》しながら、お腹《なか》に力《ちから》を入《い》れて、楽器《がっき》を吹《ふ》いた。

すると、音《おと》が——鳴《な》った。

それは、自分《じぶん》でもびっくりするくらい、きれいな音色《ねいろ》だった。

「柄本《えもと》……管楽器《かんがっき》、やったことないんだよな？」

萩原先輩《はぎわらせんぱい》はわたしのことをじっと見《み》て、きいた。隣《となり》に座《すわ》っている時《とき》ちゃんは、少《すこ》し驚《おどろ》いた顔《かお》をしていた。

「あ、はい……」

「いや、普通一回《ふつういっかい》で鳴《な》らないから……驚《おどろ》いた」

「そう、なんですか……？」

「うん。センスあるよ」

「あ、ありがとうございますっ」

「うん、この調子《ちょうし》でがんばれ」

萩原先輩《はぎわらせんぱい》がやわらかく笑《わら》った。瞬時《しゅんじ》に、ぎゅっと胸《むね》が締《し》め付《つ》けられる。だって、はじめて見《み》た……。萩原先輩《はぎわらせんぱい》が笑《わら》うところ。

「は、はい！」

もう、自分《じぶん》でもわかった。わたしの心《こころ》は、はじめての恋《こい》に、落《お》ちていた。

「じゃあ次《つぎ》は、口《くち》の形《かたち》……。アンブシュアっていうんだけど、それが安定《あんてい》すると、音《おと》の高《たか》さが、コントールしやすくなる」

それから安定《あんてい》して吹《ふ》けるようになるまで、萩原先輩《はぎわらせんぱい》は根気《こんき》よく、クラリネットを教《おし》えてくれた。

そして、ひとつひとつ課題《かだい》をクリアして、上手《じょうず》にできるようになって、

「いいじゃん、その調子《ちょうし》」

萩原先輩《はぎわらせんぱい》がほめてくれるたびに、どんどんクラリネットが好《す》きになっていって……。

それに重《かさ》なるように、わたしはどうしようもなく萩原先輩《はぎわらせんぱい》のことが、好《す》きになっていった――。

♡

入部《にゅうぶ》して、三《さん》か月《げつ》が経《た》ったある日《ひ》のこと、顧問《こもん》の先生《せんせい》からこんなお知《し》らせがあった。

「二《に》か月後《げつご》、星美神社《ほしびじんじゃ》の夏祭《なつまつ》りで、一曲《いっきょく》ですが、花火《はなび》の前《まえ》に演奏《えんそう》することになりました。一年生《いちねんせい》はこれが、はじめての発表《はっぴょう》の場《ば》になりますのでがんばってください。演奏曲《えんそうきょく》は、星野源《ほしのげん》さんの『恋《こい》』です」

演奏会《えんそうかい》――それはなんだか、わくわくする響《ひび》きだった。

わたしと同《おな》じ一年生《いちねんせい》の部員《ぶいん》は「緊張《きんちょう》するね」「難《むずか》しそうー」などと、ざわめいている。

たのしみだけど、やっぱり不安《ふあん》もおそってくる。この三《さん》か月《げつ》で、少《すこ》しはうまくなってきたけれど……、人前《ひとまえ》で演奏《えんそう》するなんて緊張《きんちょう》するな。

『恋《こい》』かあ……。

運命《うんめい》なのかはわからないけれど、それは、わたしの大好《だいす》きな曲《きょく》だった。

「練習《れんしゅう》、がんばれよ」

前《まえ》に座《すわ》っていた萩原先輩《はぎわらせんぱい》が、こちらを振《ふ》り返《かえ》り言《い》う。

「はい」

わたしは、鼓動《こどう》を高鳴《たかな》らせ、うなずいた。

はじめての演奏会《えんそうかい》……とにもかくにも失敗《しっぱい》しないように、がんばらなきゃ。

少《すこ》しでも、萩原先輩《はぎわらせんぱい》や、椎名先輩《しいなせんぱい》に追《お》いつきたいから――。

♡

それから期末《きまつ》テストがあったりして、あっという間《ま》に、学校《がっこう》は夏休《なつやす》みに突入《とつにゅう》した。

毎日《まいにち》ではないけれど、夏休《なつやす》み中《ちゅう》でも部活《ぶかつ》はある。今日《きょう》は、夏祭《なつまつ》りに向《む》けての練習日《れんしゅうび》だ。

わたしは指定《してい》されていた集合時間《しゅうごうじかん》より、一時間《いちじかん》ほどはやく音楽室《おんがくしつ》に来《き》ていた。

少《すこ》しでもうまく吹《ふ》けるように……——そう意気込《いきご》みながら、ひとりで練習《れんしゅう》していると、がらりと音楽室《おんがくしつ》の扉《とびら》が開《あ》いて、萩原先輩《はぎわらせんぱい》が入《はい》ってきた。

「あ……先輩《せんぱい》、おはようございます」

突然《とつぜん》のふたりきりに、動揺《どうよう》しながらわたしは言《い》った。

「おはよ、はやいな」

「あ、はい。たくさん練習《れんしゅう》しようと思《おも》ってはやく来《き》てしまいました」

「俺《おれ》も。せっかくだから、『恋《こい》』のクラリネットパート、ふたりで吹《ふ》いてみようか」

「あ、はいっ！」

どうしよう。わたしはあわてて、クラリネットを構《かま》えた。

誘《さそ》われたのはうれしいけれど、いきなりすぎて緊張《きんちょう》する。いや、緊張《きんちょう》しないほうがおかしい。だって、大好《だいす》きな萩原先輩《はぎわらせんぱい》と、ふたりきりで演奏《えんそう》するのなんて、はじめてのことだった。

だけど二《に》か月前《げつまえ》から、部活《ぶかつ》のない日《ひ》も、河原《かわら》に行《い》って、たくさん練習《れんしゅう》した。

——……きっと、大丈夫《だいじょうぶ》。

「じゃ、はじめから」

目《め》をあわせ、萩原先輩《はぎわらせんぱい》が合図《あいず》をすると、心《こころ》の準備《じゅんび》もなく、曲《きょく》はスタートした。

何《なに》かが始《はじ》まる予感《よかん》がたくさん詰《つ》まったイントロに、軽快《けいかい》なメロディ。

切《せつ》なさと、うれしさがまじわりあったような、サビ。

胸《むね》の中《なか》にあるもの
いつか見《み》えなくなるもの
それは側《そば》にいること
いつも思《おも》い出《だ》して

こうして、一緒《いっしょ》に吹《ふ》いているからだろうか。まるで歌詞《かし》が、自分《じぶん》のことのようにきこえてくる。

このままずっと――、終《お》わらないでほしい。

そう願《ねが》っていたけれど、曲《きょく》はあっという間《ま》に終《お》わってしまった。

ものすごく集中《しゅうちゅう》していたし、たくさん練習《れんしゅう》した成果《せいか》もあって、はじめてつまずかずに、間違《まちが》えずに吹《ふ》くことができた。

「がんばったな」

萩原先輩《はぎわらせんぱい》が、わたしのあたまをぽんぽんとやわらかく叩《たた》く。

ああ、うれしすぎて、胸《むね》がはち切《き》れそうだ。

わたしは萩原先輩《はぎわらせんぱい》の手《て》が好《す》きだ。細《ほそ》くて、美《うつく》しくて、きれいな音《おと》を生《う》み出《だ》す、その手《て》が。

もっとうまくなって、萩原先輩《はぎわらせんぱい》に、ほめられたい。

そしていつか椎名先輩《しいなせんぱい》みたいに、楽器《がっき》のよく似合《にあ》う花《はな》のような女《おんな》の子《こ》になって……、そしたら萩原先輩《はぎわらせんぱい》——……わたしのこと、好《す》きになってくれるかな。

「あの……先輩《せんぱい》、わたし、がんばります。だから、連絡先《れんらくさき》を……、教《おし》えてくれませんかっ……。わからないこととかあったら、ききたいと思《おも》ってて……」

いつか萩原先輩《はぎわらせんぱい》の彼女《かのじょ》になりたい。心《こころ》のなかで、未来《みらい》への妄想《もうそう》をふくらませながら、気《き》がつけばわたしは、そんなことを口走《くちばし》っていた。

わからないことがあったらききたいなんて——ほんとうは、萩原先輩《はぎわらせんぱい》の連絡先《れんらくさき》を知《し》りたいだけだった。夏休《なつやす》みの間《あいだ》も、メッセージができたらうれしいなって、思《おも》っていた。

でも、唐突《とうとつ》すぎたかな……。さすがに萩原先輩《はぎわらせんぱい》も、気《き》がついていたかもしれない。

だけど萩原先輩《はぎわらせんぱい》は、

「……いいよ。メッセージのＩＤ《アイディー》、これ。青《あお》いアイコンでてきたら、俺《おれ》だから」

そう言《い》って、まるでうまく吹《ふ》けたご褒美《ほうび》みたいに、連絡先《れんらくさき》を教《おし》えてくれた。

「あ……ありがとうございます！　帰《かえ》ったら、メッセージしますっ」

ああ、どんなプレゼントよりも、うれしい。

恋《こい》って、こんなにささいなことがうれしくなるんだ。十三年間《じゅうさんねんかん》も生《い》きていたのに、わたしは何《なに》も、知《し》らなかった。

♡

その日《ひ》の夜《よる》、ベッドに入《はい》ってから、わたしは萩原先輩《はぎわらせんぱい》にメッセージを送《おく》った。

「萩原先輩《はぎわらせんぱい》、結《ゆい》です。練習《れんしゅう》がんばります！　おやすみなさい♪」

ずっと何《なに》を送《おく》ろうか考《かんが》えていたけれど、けっきょく何《なに》を書《か》けばいいかわからなくて、そんな単調《たんちょう》な文面《ぶんめん》になってしまった。せめて、かわいいスタンプだけはつけよう！

そう思《おも》って「よろしくね」と、にこにこ笑《わら》っている、お気《き》に入《い》りのウサギのスタンプもつけた。するとすぐに既読《きどく》になった。

わ。萩原先輩《はぎわらせんぱい》と、つながった。

うれしくなると同時《どうじ》に、トーク画面《がめん》には、吹《ふ》き出《だ》しが現《あらわ》れた。萩原先輩《はぎわらせんぱい》からの返事《へんじ》だ。

「おやすみ」

文章《ぶんしょう》はそれだけだった。

シンプルで、萩原先輩《はぎわらせんぱい》らしいといえばそうだけれど……ちょっと、ショック。

やっぱり、迷惑《めいわく》だったかな……。

しょんぼりしていると、そのあとに、クマが眠《ねむ》っているスタンプが送《おく》られてきた。

「ふっ」

その途端《とたん》、さっきまで落《お》ち込《こ》んでいたのがうそみたいに、思《おも》わず笑《え》みがこぼれた。

萩原先輩《はぎわらせんぱい》、いつもあんなにクールなのに、こんなにかわいいスタンプ使《つか》うんだ。

なんだか、かわいいな……。って、先輩《せんぱい》にそんなこと思《おも》っちゃダメだよね。

でも、たったそれだけの情報《じょうほう》で、どきどきして眠《ねむ》れなくなるのは、恋以外《こいいがい》の何物《なにもの》でもなくて、わたしはなんだか、自分《じぶん》が自分《じぶん》じゃなくなったみたいな……そんな気持《きも》ちになった。

♡

それから一週間《いっしゅうかん》が経《た》って八月《はちがつ》になり、夏祭《なつまつ》りの日《ひ》がやってきた。

吹奏楽部《すいそうがくぶ》の演奏《えんそう》を聴《き》きに来《き》てくれたわけじゃないんだろうけれど、花火《はなび》を待《ま》ちわびた、たくさんのお客《きゃく》さんが、会場《かいじょう》に集《あつ》まっている。

わたしたち吹奏楽部《すいそうがくぶ》は、男女《だんじょ》とも浴衣《ゆかた》が衣装《いしょう》だ。わたしは前《まえ》から持《も》っている、ピンク地《じ》に、朝顔《あさがお》が描《えが》かれた浴衣《ゆかた》を着《き》てきたけど……、ちょっと子供《こども》っぽかったかな。

椎名先輩《しいなせんぱい》は紫陽花柄《あじさいがら》の浴衣《ゆかた》を着《き》ている。いつもよりも、きれいで、大人《おとな》っぽい。

やっぱり、憧《あこが》れちゃうな……。

「きゃー、あの子《こ》かわいいー」

「モデルさんかな?!」

椎名先輩《しいなせんぱい》が登場《とうじょう》するだけで、観覧席《かんらんせき》からは、ひときわ大《おお》きな歓声《かんせい》があがる。

そして――……浴衣姿《ゆかたすがた》の萩原先輩《はぎわらせんぱい》は、直視《ちょくし》できないくらいに、かっこいい。シンプルな紺《こん》の浴衣《ゆかた》が、ほんとうに似合《にあ》っている。

やばいよ……。ときめきすぎて、眩暈《めまい》がしそうだった。

夢《ゆめ》みたいなことだけれど、あれから萩原先輩《はぎわらせんぱい》とは、メッセージのやり取《と》りが続《つづ》いている。

まあ、萩原先輩《はぎわらせんぱい》から返《かえ》ってくる返事《へんじ》はかなしくなるくらいシンプルな文面《ぶんめん》だったけれど、返事《へんじ》が来《く》るだけでうれしくて……。

それに、いつも文末《ぶんまつ》には、あのかわいいクマのスタンプがついてきて、わたしのために選《えら》んでくれているんだと思《おも》うと、それだけで、スマホを抱《だ》きしめたくなる。

——はぁ……、萩原先輩《はぎわらせんぱい》が好《す》きで、たまらないよ。

「それでは花火《はなび》の前《まえ》に、星美中学校吹奏楽部《ほしびちゅうがっこうすいそうがくぶ》のみなさんの演奏《えんそう》です！」

先輩《せんぱい》たちの浴衣姿《ゆかたすがた》に見《み》とれていると、アナウンスがかかった。

さあ、いよいよだ。顧問《こもん》の先生《せんせい》の指揮《しき》にあわせて、『恋《こい》』が、始《はじ》まる。

この世界《せかい》には、かわいい人《ひと》や、すてきな人《ひと》があふれていて、わたしはなんの取《と》り柄《え》もないけれど、でも、恋《こい》をしているだけで、世界《せかい》はこんなにきらきらと輝《かがや》いている。

それって、すごいことだって、思《おも》うんだ。

♡

夏休《なつやす》み中《ちゅう》も、みんないっしょうけんめいに練習《れんしゅう》したから、演奏《えんそう》はミスもなく、ぶじに終《お》わった。

大勢《おおぜい》の人《ひと》が曲《きょく》を知《し》っていたこともあって、客席《きゃくせき》はすごく盛《も》り上《あ》がっていたように思《おも》う。

ホッとして舞台《ぶたい》から降《お》りると、境内《けいだい》には「あと五分《ごふん》ほどで、花火《はなび》が始《はじ》まります」——そうアナウンスがかかった。

「萩原先輩《はぎわらせんぱい》」

一緒《いっしょ》に花火《はなび》を見《み》ませんか。

そう誘《さそ》いたい。その一心《いっしん》で、わたしは、大好《だいす》きなその後《うし》ろ姿《すがた》に話《はな》しかけようとした。

でも、話《はな》しかけられなかった。

「青《あお》！」

後《うし》ろから、わたしなんて見《み》えていないみたいに、椎名先輩《しいなせんぱい》が、萩原先輩《はぎわらせんぱい》に向《む》けてかけてきて、抱《だ》き付《つ》いたから。

「おい薫《かおる》、やめろよ」

「あはっ、青《あお》ったら、何照《なにて》れてるの？　ねえねえ、あっちにね、リンゴ飴売《あめう》ってたの！　買《か》いに行《い》こ！」

「太《ふと》るぞ」

「太《ふと》ってもかわいいから大丈夫《だいじょうぶ》なの」

「まったく……」

「ほら、はやく行《い》こ！」

「わかったわかった」

そんなふうに、たのしそうな会話《かいわ》を交《か》わしながら、椎名先輩《しいなせんぱい》に手《て》を引《ひ》かれて人混《ひとご》み へ消《き》えていく萩原先輩《はぎわらせんぱい》は、いままで見《み》たことのない無邪気《むじゃき》な顔《かお》で笑《わら》っていた。


——どうして気《き》がつかなかったんだろう。


ふたりはいつも、仲《なか》よしだった。どこか似《に》ていると思《おも》ったのも、気《き》のせいじゃなかった。

わたし……ほんとうに、バカだ。

ようやく、わかった。わからないわけがなかった。

椎名先輩《しいなせんぱい》と萩原先輩《はぎわらせんぱい》、ふたりが付《つ》き合《あ》っているんだって、こと。

どうしよう。泣《な》きそう……。

昨日《きのう》まで、ほめてもらえるだけで、萩原先輩《はぎわらせんぱい》からメッセージが返《かえ》ってくるだけで、うれしかったのに……。

そのとき後《うし》ろから、だれかにとんとんと肩《かた》を叩《たた》かれた。

「結《ゆい》ちゃん、どうしたの？」

萩原先輩《はぎわらせんぱい》と同《おな》じ、二年生《にねんせい》の杉浦奏多先輩《すぎうらかなたせんぱい》だった。

先輩《せんぱい》は、三年生《さんねんせい》が引退《いんたい》したあと、部長《ぶちょう》になることが決《き》まっている。吹奏楽部《すいそうがくぶ》では花形《はながた》のサックスを担当《たんとう》している。演奏《えんそう》も上手《じょうず》で、いつも部員《ぶいん》のことを気《き》にしていて、優《やさ》しい先輩《せんぱい》だ。

「あ、なんでもないです」

わたしは急《いそ》いで、目《め》からにじみでた涙《なみだ》を小指《こゆび》ですくった。

「そう？　でも何《なに》か、泣《な》いてるように見《み》えたけど」

杉浦先輩《すぎうらせんぱい》はクスッと笑《わら》い、心配《しんぱい》そうにわたしの顔《かお》をのぞき込《こ》む。

「な、泣《な》いてない……です！　緊張《きんちょう》してたから、ちゃんとできてホッとしたんだと思《おも》います」

わたしは、バレバレなうそをついた。だって、泣《な》いていたわけをきかれたら、困《こま》る。

失恋《しつれん》したから——なんて、そんなの言《い》えるわけがなかったし、言《い》いたくなかった。

「そっか……はじめての演奏会《えんそうかい》だったもんね。でも、結《ゆい》ちゃんの演奏《えんそう》、二年生《にねんせい》にも負《ま》けないくらい、すごくよかったよ。ちゃんと、俺《おれ》のところにまで、届《とど》いてた」

「そう……ですか？」

わたしはほめられたことにびっくりした。自分《じぶん》では、精《せい》いっぱいの演奏《えんそう》で、萩原先輩《はぎわらせんぱい》に追《お》い付《つ》くには、まだまだだと感《かん》じていたから。

「いっしょうけんめい練習《れんしゅう》したんだろうなって思《おも》ったし、それに、センスみたいなもの、感《かん》じたよ」

「センス？」

「そう。それはだれにでもあるものではないから、大切《たいせつ》にね」

「はい」

――センスあるよ。

はじめて音《おと》が鳴《な》ったとき、萩原先輩《はぎわらせんぱい》にそう言《い》ってもらったことを思《おも》い出《だ》す。

「まあ、何《なに》か悩《なや》み事《ごと》があったら、なんでも言《い》って。できる限《かぎ》り、力《ちから》になるよ」

「ありがとうございます」

きっと、泣《な》いていたこと、気《き》にしてくれたんだ。わたしは、手足《てあし》がふるえるくらい、かなしい気持《きも》ちでいっぱいだったけど、そう言《い》って笑《わら》った。

「柄本《えもと》」

そのとき、声《こえ》が降《ふ》ってきた。だれの声《こえ》かなんて、すぐにわかる。好《す》きな人《ひと》の声《こえ》は、どこにいたってきこえる。特別《とくべつ》な音《おと》だ。

「あ、萩原先輩《はぎわらせんぱい》……」

「これ、やる」

渡《わた》されたものは、リンゴ飴《あめ》だった。

椎名先輩《しいなせんぱい》が食《た》べたいって言《い》って、一緒《いっしょ》に買《か》いに行《い》ったもの……。

「……ありがとう、ございます」

——こんなの、いらない……。

ほんとうは、そう思《おも》ったけど、それははじめて、萩原先輩《はぎわらせんぱい》がわたしにくれたもので、受《う》け取《と》らないことなんてできなかった。

「なんだよ、きらいなのか？」

わたしが暗《くら》い顔《かお》をしたせいだろう。萩原先輩《はぎわらせんぱい》は少《すこ》し不機嫌《ふきげん》な声《こえ》になって、首《くび》を傾《かし》げた。

「そんなことないです！」

「ならよかった。柄本《えもと》、こういうかわいいやつ、好《す》きかなって思《おも》ったから」

……そんなこと、言《い》わないでほしい。

失恋《しつれん》したばかりなのに、恋《こい》が、終《お》わらない。

「はい、好《す》きです……」

先輩《せんぱい》が。でもわたしは、

「リンゴ飴《あめ》が」

そう答《こた》えて笑《わら》った。

そのとき空《そら》に、パァンッと大《おお》きな音《おと》を立《た》てて、花火《はなび》があがった。

「わっ」

思《おも》わずわたしは、目《め》を見開《みひら》いた。

「きれいだな」

夜空《よぞら》に咲《さ》く、大輪《たいりん》の花《はな》を見上《みあ》げて、萩原先輩《はぎわらせんぱい》が言《い》う。

「はい、とっても」

ねえ神様《かみさま》、恋《こい》は、うれしいことばかりだと思《おも》っていた。

でも、萩原先輩《はぎわらせんぱい》と一緒《いっしょ》に見上《みあ》げた花火《はなび》は、涙《なみだ》がでてきそうなくらいに、切《せつ》なかった。

♡

それから一年《いちねん》が経《た》って――、わたしは二年生《にねんせい》になった。

毎日練習《まいにちれんしゅう》を欠《か》かさなかったこともあって、クラリネットはずいぶん上達《じょうたつ》した。

「いい音《おと》、でてる」

わたしが成長《せいちょう》するたび、萩原先輩《はぎわらせんぱい》は、笑顔《えがお》になってほめてくれる。

クラリネットが好《す》きになったのもたしかだけれど、本当《ほんとう》は萩原先輩《はぎわらせんぱい》にほめてもらいたいから、がんばったんだと思《おも》う。

あの夏祭《なつまつ》りの日《ひ》以降《いこう》――、彼女《かのじょ》がいるってわかってても……、それがあこがれの椎名先輩《しいなせんぱい》でも……、わたしはまだ、萩原先輩《はぎわらせんぱい》のことが好《す》きだった。

好《す》きじゃなくなるなんて不可能《ふかのう》で、それどころか、一秒《いちびょう》ごとに、好《す》きが増《ふ》えていく。

でも、この恋《こい》は叶《かな》わない。そんなこと、わかっている。

だから
「薫《かおる》」

音楽室《おんがくしつ》で、萩原先輩《はぎわらせんぱい》がそう椎名先輩《しいなせんぱい》を呼《よ》ぶ声《こえ》がきこえるたびに、心臓《しんぞう》が張《は》り裂《さ》けそうに痛《いた》くなる。

そして
「結《ゆい》」

そう自分《じぶん》の名前《なまえ》を呼《よ》ばれるたびに、どきどきして、胸《むね》がきゅっと締《し》め付《つ》けられる。

最近《さいきん》は、クラスメイトの菊川楓《きくかわかえで》ちゃんと蓮見陽太《はすみひなた》くんが仲良《なかよ》くしているのを見《み》ているだけで（ふたりは付《つ》き合《あ》ってはいないらしいけど）、なんだか萩原先輩《はぎわらせんぱい》と椎名先輩《しいなせんぱい》を思《おも》い出《だ》して胸《むね》が痛《いた》くなる始末《しまつ》だ。

萩原先輩《はぎわらせんぱい》は、夏休《なつやす》みが明《あ》けた頃《ころ》から「結《ゆい》」と呼《よ》んでくれるようになった。

「柄本《えもと》って、なんか呼《よ》びにくいから」

たしかそんな理由《りゆう》だった気《き》がするけれど、名前《なまえ》で呼《よ》ばれるのは、なんだか特別《とくべつ》な気《き》がして、うれしかった。

でも、夏祭《なつまつ》りのあの日《ひ》から、萩原先輩《はぎわらせんぱい》とのメッセージのやり取《と》りは終《お》わってしまった。

というより、送《おく》りたかったけれど、送《おく》れなかった。

あんなに完璧《かんぺき》な彼女《かのじょ》がいる人《ひと》に、何《なに》を送《おく》ればいいかなんて、わからなかったし、彼女《かのじょ》がいる人《ひと》に、メッセージを送《おく》るのは、いけない気《き》がした。

萩原先輩《はぎわらせんぱい》からは、たまにクマのスタンプが送《おく》られて来《く》る。

「おつかれさま」とか、「がんばれよ」とか。だからそのスタンプはもう、萩原先輩《はぎわらせんぱい》に見《み》えて、街《まち》でグッズを見《み》かけたら、つい買《か》ってしまったりする。

萩原先輩《はぎわらせんぱい》は、後輩思《こうはいおも》いなだけなのに、メッセージがたった一通来《いっつうく》るだけで、わたしはバカみたいにうれしくなる。

いつだって萩原先輩《はぎわらせんぱい》は、まるで台風《たいふう》みたいに、わたしの心《こころ》をかき乱《みだ》す。

わたしは切《せつ》なさとうれしさを同時《どうじ》に味《あじ》わいながら、いつもお気《き》に入《い》りのウサギのスタンプを返《かえ》した。

♡

近頃吹奏楽部《ちかごろすいそうがくぶ》はいつもとは違《ちが》う雰囲気《ふんいき》だ。それは、夏《なつ》の地区大会《ちくたいかい》が、もうすぐそこまで迫《せま》っているから。三年生《さんねんせい》にとっては、最後《さいご》の大会《たいかい》になる。

大会《たいかい》が終《お》わって、十月《じゅうがつ》の文化祭《ぶんかさい》が終《お》わったら、部室《ぶしつ》に来《き》ても、もう萩原先輩《はぎわらせんぱい》はいない。

だからもうすぐ、萩原先輩《はぎわらせんぱい》と一緒《いっしょ》に練習《れんしゅう》することもできなくなって、廊下《ろうか》ですれ違《ちが》うことはあるかもしれないけど、こんなふうに毎日会《まいにちあ》うことはできなくなる。

けっきょく恋《こい》は実《みの》らなかったけど……、萩原先輩《はぎわらせんぱい》が、そばにいただけで、好《す》きになれただけで、吹奏楽部《すいそうがくぶ》に入《はい》ってよかったって思《おも》う。

でもわたしは、萩原先輩《はぎわらせんぱい》の役《やく》に何《なに》か立《た》てたかな……。

萩原先輩《はぎわらせんぱい》には、もらってばかりで、何《なに》もできていない。

いま、わたしにできることといえば、三年生《さんねんせい》を全国大会《ぜんこくたいかい》へ連《つ》れて行《い》くために、いっしょうけんめい練習《れんしゅう》することくらいだ。

全国大会《ぜんこくたいかい》へ行《い》くには、地区大会《ちくたいかい》で一位《いちい》――すなわち金賞《きんしょう》をとるのが必須《ひっす》だ。

ここ二年《にねん》、星美中学《ほしびちゅうがく》は金賞《きんしょう》をとっている。海外《かいがい》のコンクール出場経験《しゅつじょうけいけん》もある椎名先輩《しいなせんぱい》がいたからだ。

椎名先輩《しいなせんぱい》は舞台《ぶたい》の上《うえ》で、きらきら輝《かがや》く。まるで、雨《あめ》の滴《したた》る紫陽花《あじさい》のように。

わたしのあたまには、新入生歓迎会《しんにゅうせいかんげいかい》で、フルートを吹《ふ》いていた姿《すがた》が浮《う》かぶ。

あのとき、椎名先輩《しいなせんぱい》以外《いがい》は何《なに》も見《み》えなくなるくらいにきれいだった。はじめからあんな人《ひと》が、彼女《かのじょ》だって知《し》っていたら、萩原先輩《はぎはらせんぱい》を好《す》きにならなかったかな。

それとも――、それでも恋《こい》に落《お》ちてしまっていたのかな。

いまになってはもうわからない。

でも不思議《ふしぎ》なくらい、いまでもわたしが椎名先輩《しいなせんぱい》に憧《あこが》れる気持《きも》ちは変《か》わらない。椎名先輩《しいなせんぱい》のソロは、聴《き》くものを圧倒《あっとう》してしまう。わたしもそのひとりだったから、そのすごさはわかっていた。

だから今年《ことし》も、金賞《きんしょう》は確実《かくじつ》だろう――そう、みんなが思《おも》っていた。

♡

でも、どういうわけか、大会《たいかい》の二週間前《にしゅうかんまえ》になっても、椎名先輩《しいなせんぱい》は部活《ぶかつ》に来《こ》なかった。

三年生《さんねんせい》が言《い》うには、学校《がっこう》にもあまり来《き》ていないみたいだった。

「椎名先輩《しいなせんぱい》、学校辞《がっこうや》めちゃうのかな」「椎名先輩《しいなせんぱい》いないいんじゃ、金賞《きんしょう》は絶望的《ぜつぼうてき》だなー」

部員《ぶいん》たちは、口々《くちぐち》にそうささやいている。

「萩原先輩《はぎわらせんぱい》……椎名先輩《しいなせんぱい》、どうしたんですか」

わたしはきいた。

「結《ゆい》はそんなこと気《き》にするな。ここ一緒《いっしょ》に吹《ふ》こう」

でも萩原先輩《はぎわらせんぱい》ははぐらかすように、そう誘《さそ》った。

「はいっ……」

萩原先輩《はぎわらせんぱい》と一緒《いっしょ》に演奏《えんそう》している時間《じかん》は、いつも夢《ゆめ》のように過《す》ぎ去《さ》っていく。
こんなに色鮮《いろあざ》やかな時間《じかん》も——、いつかは音楽室《おんがくしつ》のなかに消《き》えてしまうのかな。

♡

それから一週間後《いっしゅうかんご》のことだった。

部活《ぶかつ》が終《お》わったあと、リード（クラリネットを鳴《な》らすために、必要《ひつよう》なパーツ）を忘《わす》れたことに気《き》がついて、音楽室《おんがくしつ》へ戻《もど》る最中《さいちゅう》だった。

「もういい！　わたし、大会《たいかい》にはでないから！」

唐突《とうとつ》に、椎名先輩《しいなせんぱい》が叫《さけ》ぶ声《こえ》がきこえて、音楽室《おんがくしつ》からかけでてきた。

椎名先輩《しいなせんぱい》はわたしのことを一瞬《いっしゅん》目《め》に入《い》れたけれど、立《た》ち止《ど》まる様子《ようす》はなく、そのまま横《よこ》を通《とお》り過《す》ぎた。

椎名先輩《しいなせんぱい》……！

わたしは思《おも》わずそう叫《さけ》びそうになったけれど、まるで風《かぜ》のように通《とお》り過《す》ぎていって、言《い》えなかった。それにわたしは、椎名先輩《しいなせんぱい》とはあまり話《はな》したことがなかった。

椎名先輩《しいなせんぱい》は、わたしにとって雲《くも》の上《うえ》の人《ひと》で、それにパートも違《ちが》うから、なかなか話《はな》しかけるチャンスも、勇気《ゆうき》もなかった。

それでもわたしは一方的《いっぽうてき》に、椎名先輩《しいなせんぱい》のことを、ずっと見《み》ていた。というより——いつだって、そのきれいさは、視界《しかい》に飛《と》び込《こ》んできて、わたしに憧《あこが》れをいだかせ続《つづ》けた。

——何《なに》があったのかな……。

そろりと音楽室《おんがくしつ》をのぞくと、そこにはあたまを抱《かか》えている萩原先輩《はぎわらせんぱい》の姿《すがた》があった。

「あ、先輩《せんぱい》……」

わたしは思《おも》わず、声《こえ》にだしてしまった。

「結《ゆい》か……」

萩原先輩《はぎわらせんぱい》は、なんだかホッとしたように言《い》い、苦《にが》い顔《かお》で微笑《ほほえ》んだ。

「……すみません、忘《わす》れ物《もの》を取《と》りにきたら……。追《お》いかけなくても大丈夫《だいじょうぶ》でしょうか……」

「ああ、うん……いつものことだから」

いつものこと——こんな一大事《いちだいじ》なのに、わたしは、ふたりの親密《しんみつ》さに、まだこんなにも傷《きず》ついてしまう。

「そう……ですか。あの……椎名先輩《しいなせんぱい》……大会《たいかい》……やっぱりでないんですか」

さっききこえてきた、椎名先輩《しいなせんぱい》の声《こえ》。大会《たいかい》にはでない、と言《い》っていた。

「うん、ちょっといろいろ、あって……。迷惑《めいわく》かけてごめんな」

萩原先輩《はぎわらせんぱい》は、珍《めずら》しく情《なさ》けないような顔《かお》をして、真剣《しんけん》な声色《こわいろ》でそう言《い》った。

きっと萩原先輩《はぎわらせんぱい》は、椎名先輩《しいなせんぱい》が部活《ぶかつ》に来《こ》ないこと——……自分《じぶん》のことみたいに、責任《せきにん》を感《かん》じているのだ。

——萩原先輩《はぎわらせんぱい》のせいじゃないのに、わたしも、椎名先輩《しいなせんぱい》のこと、軽々《かるがる》しくきいてしまった。

役《やく》に立《た》ちたいと、願《ねが》っていたのに。

「迷惑《めいわく》なんて……そんなこと、ないです！　わたし、椎名先輩《しいなせんぱい》の分《ぶん》まで、がんばります！　絶対《ぜったい》……金賞《きんしょう》、とります！」

わたしは萩原先輩《はぎわらせんぱい》をまっすぐに見据《みす》えて、声《こえ》を張《は》った。

「うん、そうだな」

先輩《せんぱい》がやわらかく微笑《ほほえ》む。

——好《す》き。

先輩《せんぱい》が好《す》きで、たまらない。

伝《つた》えたい。

でも、彼女《かのじょ》がいる人《ひと》に、好《す》きって言《い》うのは、きっと、反則《はんそく》。

「あの……もし、金賞《きんしょう》がとれたら……」

この恋《こい》が叶《かな》わないことくらい、あの夏祭《なつまつ》りの日《ひ》から、わかってる。でも、大会《たいかい》が終《お》わって、萩原先輩《はぎわらせんぱい》が部活《ぶかつ》に来《こ》なくなったら、きっと諦《あきら》められるから……、だから――。

「一回《いっかい》だけ、わたしとデートしてくれませんか……！」


一度《いちど》だけ、夢《ゆめ》を見《み》たい――。


「うん……いいよ」

萩原先輩《はぎわらせんぱい》は、ちょっと考《かんが》えたあと、そう言《い》って笑《わら》った。

迷惑《めいわく》だったかもしれない。というより……きっと、迷惑《めいわく》だったと思《おも》う。だって萩原先輩《はぎわらせんぱい》には、彼女《かのじょ》がいるのだから。

でも、わたしだって、後悔《こうかい》だけはしたくない。

だって、こんなにも、萩原先輩《はぎわらせんぱい》のことが好《す》きだから。

♡

大会《たいかい》の三日前《みっかまえ》になった。なのに演奏《えんそう》は、まだばらばらで、締《し》まりがない。

きっと、みんなの気持《きも》ちがばらばらなのだと思《おも》う。わたしもいつもは無意識《むいしき》のうちに、椎名先輩《しいなせんぱい》を引《ひ》き立《た》てるかのように演奏《えんそう》していたから――、どの音《おと》に合《あ》わせればいいのか、わからないでいた。それにみんな、椎名先輩《しいなせんぱい》が来《き》てくれることを、心《こころ》のどこかで待《ま》ちわびていたのだと思《おも》う。

でも椎名先輩《しいなせんぱい》はやはりというか、部活《ぶかつ》には来《き》ていない。

――金賞《きんしょう》を獲《と》るって言《い》ったのに、こんなにばらばらの気持《きも》ちじゃ、演奏以前《えんそういぜん》の問題《もんだい》だ……。

どうしよう。

「今日《きょう》はみんなに話《はなし》がある」

部長《ぶちょう》の杉浦先輩《すぎうらせんぱい》が、みんなの前《まえ》にでた。

そのとき、だった。音楽室《おんがくしつ》の扉《とびら》ががらりと開《あ》き、

「みんな、なかなか来《こ》られなくてごめんね！」

椎名先輩《しいなせんぱい》が現《あらわ》れた。

それだけで、うつうつとした音楽室《おんがくしつ》のなかに、ぱっと花《はな》が咲《さ》くよう。

やっぱり椎名先輩《しいなせんぱい》は紫陽花《あじさい》みたい。色《いろ》とりどりに咲《さ》く美《うつく》しい花《はな》。

わたしはけっきょく、花《はな》にはなれなかった。紫陽花《あじさい》の葉《は》っぱの上《うえ》をたれる、まんまるい水滴《すいてき》だ。

にこにこと笑顔《えがお》を振《ふ》りまきながらも、何《なに》か言《い》いたげな椎名先輩《しいなせんぱい》のもとへ、萩原先輩《はぎわらせんぱい》はかけていく。心配《しんぱい》そうな、不安《ふあん》そうな面持《おもも》ちだ。

「お前《まえ》、何《なに》してたんだよ」

すると椎名先輩《しいなせんぱい》は、

「あのね青《あお》、わたし学校《がっこう》辞《や》めて、海外《かいがい》に留学《りゅうがく》することにしたの。だからやっぱり大会《たいかい》にはでられない」

教室中《きょうしつじゅう》にきこえるように、そうきっぱりと言《い》った。

「おい、その話《はなし》」

「もう、決《き》めたの。だから、青《あお》も、決《き》めてね」

そのふたりの会話《かいわ》が、何《なに》を意味《いみ》するのか、わたしにはわかった。

きっと萩原先輩《はぎわらせんぱい》は……、椎名先輩《しいなせんぱい》と一緒《いっしょ》に、海外《かいがい》へ行《い》ってしまう。

「みんな、いままでありがとう。これがさっき、杉浦部長《すぎうらぶちょう》が言《い》おうとしていたことなの。勝手《かって》に部活《ぶかつ》に来《こ》なくなって、ごめんね。大会《たいかい》、応援《おうえん》してる。わたしのこと、応援《おうえん》してね」

そう言《い》い放《はな》ち、颯爽《さっそう》と教室《きょうしつ》を出《で》ていく椎名先輩《しいなせんぱい》は、やっぱり風《かぜ》のようだった。

あの日《ひ》、わたしに憧《あこが》れをくれた椎名先輩《しいなせんぱい》。吹奏楽部《すいそうがくぶ》に入《はい》って、萩原先輩《はぎわらせんぱい》に出会《であ》わせてくれた。わたしは思《おも》わず、椎名先輩《しいなせんぱい》のあとを追《お》いかけていた。

「椎名先輩《しいなせんぱい》……！」

こんなふうに話《はな》しかけるのははじめてで、ドキドキしていた。

「柄本《えもと》さん、どうしたの」

くるりと振《ふ》り返《かえ》り、椎名先輩《しいなせんぱい》はわたしを見《み》つめた。

——椎名先輩《しいなせんぱい》、わたしの名前《なまえ》、知《し》っていたんだ……。

そんなことにうれしくなってしまうのは、どうかしているのかもしれない。

「わたし……、椎名先輩《しいなせんぱい》の演奏《えんそう》している姿《すがた》見《み》て……椎名先輩《しいなせんぱい》みたいになりたいって、吹奏《すいそう》楽部《がくぶ》に入《はい》ったんです……！　だから椎名先輩《しいなせんぱい》は……わたしの憧《あこが》れです……！」

こんなことを言《い》いたかったのか、わからない。

わたしを見《み》つめる椎名先輩《しいなせんぱい》は、はじめて見《み》たときと変《か》わらずにきれいで、わたしなんかが敵《かな》う相手《あいて》じゃなかった。

「……そう。でもわたしはあなたになりたいよ」

けれど椎名先輩《しいなせんぱい》はそう言《い》って、苦《にが》そうに笑《わら》った。

「……え？」

一瞬《いっしゅん》、時《とき》が止《と》まったみたいに感《かん》じた。

「じゃあ、大会《たいかい》、がんばってね。金賞《きんしょう》、とるんでしょ？」

椎名先輩《しいなせんぱい》が去《さ》っていく。美《うつく》しいうしろすがたが音色《ねいろ》のように消《き》えていった。

♡

「三年生《さんねんせい》は、これが最後《さいご》の大会《たいかい》になる。みんな、悔《く》いのないようにがんばろう！」

大会当日《たいかいとうじつ》、舞台裏《ぶたいうら》で、杉浦先輩《すぎうらせんぱい》がそう全員《ぜんいん》に号令《ごうれい》をかける。去年《きょねん》も出場《しゅつじょう》したけれど、大《たい》会《かい》はいつも得体《えたい》の知《し》れない緊張感《きんちょうかん》に包《つつ》まれている。

椎名先輩《しいなせんぱい》はやっぱり来《こ》なくて、それだけで審査員《しんさいん》の見《み》る目《め》が厳《きび》しくなっているのが見《み》て取《と》れた。いつもみんなが、椎名先輩《しいなせんぱい》に注目《ちゅうもく》していた。萩原先輩《はぎわらせんぱい》も。

金賞《きんしょう》、とるんでしょ？


でも、あれは……──どういう意味《いみ》だったんだろう……。

もしかしたら、あのときの会話《かいわ》、聞《き》いていたのかもしれない。

椎名先輩《しいなせんぱい》、何《なに》を思《おも》っていたのかな。わたしになりたいなんて。なんであんなこと言《い》ったんだろう。

わたしは……椎名先輩《しいなせんぱい》になりたい。萩原先輩《はぎわらせんぱい》の、彼女《かのじょ》になりたかった。

でも今《いま》は、こんなことを考《かんが》えている場合《ばあい》じゃない。

「結《ゆい》、がんばって金賞《きんしょう》とろうな」

舞台《ぶたい》にでていく直前《ちょくぜん》、萩原先輩《はぎわらせんぱい》がわたしのあたまをぽんぽんと叩《たた》いた。一年《いちねん》が経《た》っても、はじめてそうされたときのように、心臓《しんぞう》はいやになるほど高鳴《たかな》る。

「はい、がんばります」

さあ、演奏《えんそう》が始《はじ》まる――。

♡

演奏《えんそう》が終《お》わった。

夏祭《なつまつ》りで演奏《えんそう》したときとは比《くら》べものにならないほどクラリネットの腕《うで》は上達《じょうたつ》したし、ミスもなく、いまわたしたちができる完璧《かんぺき》な演奏《えんそう》だったと思《おも》う。

けれど結果的《けっかてき》に――金賞《きんしょう》は、もらえなかった。

これで三年生《さんねんせい》の最後《さいご》の大会《たいかい》が、終《お》わってしまった。

毎日《まいにち》、いっしょうけんめい練習《れんしゅう》したけれど、萩原先輩《はぎわらせんぱい》の役《やく》には立《た》てなかった。

「はぁ……」

思《おも》わず、ため息《いき》がこぼれる。

「結《ゆい》、一緒《いっしょ》に帰《かえ》ろう」

うつむいていると、声《こえ》が降《ふ》ってきた。だれの声《こえ》かは、見上《みあ》げなくてもわかる。好《す》きな人《ひと》の声《こえ》は、特別《とくべつ》だから。

♡

大会《たいかい》が行《おこな》われた場所《ばしょ》は、都会《とかい》といえるところではなく、街《まち》の外《はず》れのほうにあった。

駅《えき》までの道《みち》のりは遠《とお》く、バスもあったけれど、わたしと先輩《せんぱい》は、駅《えき》まで少《すこ》し歩《ある》くことにした。

「先輩《せんぱい》、三年間《さんねんかん》、おつかれさまでしたっ……。金賞《きんしょう》とれなくて、ごめんなさい」

目《め》のなかに夕日《ゆうひ》が沈《しず》んでいく。それはわたしたちが獲《と》れなかった金《きん》メダルみたいだった。

「結《ゆい》が謝《あやま》ることじゃないだろ。それに、結《ゆい》がクラリネットに来《き》てくれたから、たのしかったよ」

萩原先輩《はぎわらせんぱい》が言《い》う。

——うれしい。

でも、萩原先輩《はぎわらせんぱい》は……。

「萩原先輩《はぎわらせんぱい》は……、椎名先輩《しいなせんぱい》と海外《かいがい》に行《い》くんですよね……？」

だからもう、こうして一緒《いっしょ》に帰《かえ》ることもない。

デートも、行《い》けなかったな……。でも金賞《きんしょう》がとれたところで、彼女《かのじょ》がいる人《ひと》とデートなんて、はじめから行《い》けないこと、わかっていたのかもしれない。

だけど、萩原先輩《はぎわらせんぱい》が「いいよ」って言《い》ってくれて、それだけでわたしは満足《まんぞく》だった。

「……え？　行《い》かないけど」

けれど萩原先輩《はぎわらせんぱい》が、さもあたりまえのように平然《へいぜん》とそう答《こた》えたので、わたしは目《め》が点《てん》になった。

「え?!　えええええ――?!」

椎名先輩《しいなせんぱい》が留学《りゅうがく》すると宣告《せんこく》したあの日《ひ》から、覚悟《かくご》していた。

この恋《こい》が、終《お》わってしまうこと。だってふたりは、いつもとびきりの親友《しんゆう》みたいに、仲《なか》よしだった。

なのに、行《い》かない――?!

「いや、そんなに驚《おどろ》かなくても」

萩原先輩《はぎわらせんぱい》は、わたしの反応《はんのう》にとまどっている様子《ようす》だ。

「そ、それはどうしてっ……ですか?!」

でもたぶん、わたしのほうがとまどっていた。

「うーん……俺《おれ》は、たのしく音楽《おんがく》ができればいいから。プロになるつもりはないし、俺程《おれてい》度《ど》じゃ、なれないよ」

萩原《はぎわら》先輩《せんぱい》はまた淡々《たんたん》と言《い》う。

「でも萩原《はぎわら》先輩《せんぱい》、椎名《しいな》先輩《せんぱい》と付《つ》き合《あ》って……たんじゃ」

わたしは気《き》が動転《どうてん》していて、気《き》が付《つ》けば、はじめてまっすぐに、ずっときけなかったことをきいていた。萩原《はぎわら》先輩《せんぱい》の口《くち》から、だれかのことを好《す》きだときくのが、こわかった。

わたしの質問《しつもん》に、萩原《はぎわら》先輩《せんぱい》は、少《すこ》し遠《とお》くのほうを見《み》つめた。

「うん、そうだったよ」

そして返《かえ》ってきた言葉《ことば》は、過去形《かこけい》だった。

「そう、だった……？」

わたしは首《くび》を傾《かし》げた。

「俺《おれ》にとって、薫《かおる》は大切《たいせつ》な存在《そんざい》だよ。幼馴染《おさななじみ》で、いつも一緒《いっしょ》だったから。でも、中学《ちゅうがく》に入《はい》ってから、付《つ》き合《あ》ってくれなきゃ死《し》ぬ！　って、泣《な》きつかれたから彼氏《かれし》になったけど、俺《おれ》は薫《かおる》のこと、彼女《かのじょ》っていうよりは親友《しんゆう》っていうか……、恋愛対象《れんあいたいしょう》じゃなかったんだと思《おも》う。……でもそれは、結《ゆい》のおかげで気《き》づいたのかもしれない」

きっとだれかがどこかで――かなしい気持《きも》ちになっているのに、胸《むね》がさわぐのは、なぜだろう。

「あの……先輩《せんぱい》……、わたし、言《い》いたいことがあるんです……」

言《い》わなきゃ。

いま、伝《つた》えなきゃ。

わたしは道《みち》の途中《とちゅう》で立《た》ち止《ど》まった。そして、はれつしそうなくらい心臓《しんぞう》をばくばくさせながら、萩原先輩《はぎわらせんぱい》の影《かげ》に向《む》かって、声《こえ》を落《お》とした。

「わたし……、わたし萩原先輩《はぎわらせんぱい》が、好《す》きですっ……！　ずっと……好《す》きでした……。萩原《はぎわら》先輩《せんぱい》の演奏《えんそう》を聴《き》いたときから、その音《おと》があたまから離《はな》れませんでした。だから……、うまく言《い》えないけど……いますぐにじゃなくてもいいから……いつか……、わたしのこと……、好《す》きになってください……！」

言《い》えた。やっと、伝《つた》えられた。

萩原先輩《はぎわらせんぱい》のことが、こんなにも、大好《だいす》きなこと——。

言《い》い終《お》えて、わたしはゆっくりと、萩原先輩《はぎわらせんぱい》の影《かげ》ではない、萩原先輩《はぎわらせんぱい》を見上《みあ》げた。

「もう、好《す》きだよ」

すると、そう言《い》って、萩原先輩《はぎわらせんぱい》は笑《わら》った。

ああ――……、まただ。

どうして、たった一言《ひとこと》で、先輩《せんぱい》はわたしの心《こころ》をかき乱《みだ》して、こんなにもうれしい気持《きも》ちにさせる。

「結《ゆい》と、毎日一緒《まいにちいっしょ》に練習《れんしゅう》して、しゃべって……、たのしかった。結《ゆい》に出会《であ》って、ドキドキするってこういうことか、って、わかった」

どうしよう。恋《こい》が叶《かな》ったのに、涙《なみだ》があふれてきて、止《と》まらない。

――わたしはあなたになりたいよ

あのとき、そう言《い》い残《のこ》した椎名先輩《しいなせんぱい》は、どんな気持《きも》ちだったんだろう。

みんな、だれかになりたくて、生《い》きている。

だれかのいちばんになりたくて、だれかを思《おも》っている。

「って、なんで泣《な》いてんだよ」

萩原先輩《はぎわらせんぱい》が、ちょっと照《て》れながら、わたしの顔《かお》をのぞき込《こ》む。

「ご、ごめんなさいっ……。わたし、絶対叶《ぜったいかな》わないって思《おも》ってたから……うれしくて」

道脇《みちわき》の水田《すいでん》のなかに、陽《ひ》が落《お》ちていく。きらきらして、世界《せかい》に魔法《まほう》がかかったみたい。

「あのさ……、駅《えき》に着《つ》いたら、デートしよっか」

「え、えッ?! で、でも……金賞《きんしょう》……とれなかった」

「とれなかったから、何《なに》? 結《ゆい》とデートしたいから」

萩原先輩《はぎわらせんぱい》のこんな顔《かお》は、はじめて見《み》た。

「わ、わたしも、萩原先輩《はぎわらせんぱい》とデート……したいです……!」

夢《ゆめ》を見《み》ているのかもしれない。

でも、もう、夢《ゆめ》だってなんだっていい。このうれしい気持《きも》ちは、ほんものだから。

「じゃあ、行《い》こう」

そう言《い》って、萩原先輩《はぎわらせんぱい》は、わたしの手《て》をそっと握《にぎ》った。きれいな音《おと》を奏《かな》でる手《て》。ずっと憧《あこが》れていた、手《て》。

「……はい!」

その温《ぬく》もりを感《かん》じながら、輝《かがや》きながら暮《く》れていく景色《けしき》のなか、わたしは萩原先輩《はぎわらせんぱい》を見《み》つめた。

こんな帰《かえ》り道《みち》が来《く》るなんて、思《おも》ってもいなかった。

心臓《しんぞう》がドキドキして、痛《いた》いくらいに鳴《な》っている。
それに、どこからだろう……。きこえてくる――。
これから始《はじ》まる、わたしと先輩《せんぱい》の、きらめく日々《ひび》のデュエットが。

椎名先輩《しいなせんぱい》の準備《じゅんび》に付《つ》き合《あ》う、杉浦部長《すぎうらぶちょう》

大会《たいかい》を終《お》えた奏多《そうた》は、もうすぐ海外《かいがい》へ飛《と》び立《た》つ薫《かおる》の自宅部屋《じたくべや》の片《かた》づけや、パッキングを手伝《てつだ》っている。それにしても、かなりの量《りょう》だ……。

「薫《かおる》、お前《まえ》どんだけ荷物《にもつ》持《も》っていくんだ……」

「うるさいなー、ぜんぶ要《い》るの！」

「お前《まえ》はほんと……黙《だま》ってれば超絶美人《ちょうぜつびじん》なのにな……」

「そんなこと知《し》ってるわよ！　でも結局《けっきょく》さ、はじめから青《あお》は、わたしを幼馴染《おさななじみ》としか見《み》てなかったんだ……。幼馴染《おさななじみ》じゃなかったら、わたし、好《す》きになってもらえたのかな……」

お気《き》に入《い》りの洋服《ようふく》を、大《おお》きなトランクケースに詰《つ》めながら、薫《かおる》は大《おお》きなため息《いき》をつく。

「さあな。でも青《あお》は、お前《まえ》のこと、いつも大事《だいじ》にしてたよ。お前《まえ》は大事《だいじ》にしてたか？」

きかれて、はっとして、薫《かおる》は手《て》が止《と》まった。そう――。

「……わかってるよ。わたしは、自分《じぶん》がいちばんだった。青《あお》が彼氏《かれし》になってくれたのも、わたしが頼《たの》んだから……。でも、わたし、青《あお》に好《す》きになってもらおうってがんばったのよ」

でも、あるときからわかってた。青《あお》は、あの子《こ》が好《す》きなんだって。

だって、わたしといるときとは、違《ちが》った。女《おんな》の子《こ》を見《み》つめる、男《おとこ》の子《こ》の顔《かお》をしてた。

「ごめん、言《い》いすぎたよ」

「べつにいいわよ。わたし、海外行《あっちい》っても、がんばるから。青《あお》が後悔《こうかい》するくらい、もっといい女《おんな》になる」

「うん、その調子《ちょうし》。まあ、いつでもグチくらいなら、きくから」

奏多《そうた》はホッとして笑《わら》った。薫《かおる》にはいつも、わがままでいいから、元気《げんき》でいてほしい。

「あんたって、いつもそうよね。だれにでも優《やさ》しくて、誤解《ごかい》されるよ」

「まあ、これでも部長《ぶちょう》ですから。それに俺《おれ》だってずっと、薫《かおる》のこと、見《み》てきたから」

「……え？」

「海外行《あっちい》ったら、手紙《てがみ》、送《おく》るよ」

「海外《あっち》でも、メッセージくらいできるわよ」

「そっか。じゃあ送《おく》る」

「ふうん。じゃあ、毎日《まいにち》よ！」

「お安《やす》い御用《ごよう》」

「……ありがと」

何《なに》かがはじまる予感《よかん》に、薫《かおる》は微笑《ほほえ》んだ。

Shogakukan Junior Bunko

★小学館ジュニア文庫★
わたしのこと、好きになってください。

2018年10月 3 日　初版第 1 刷発行

著者／木爾チレン
イラスト／花芽宮るる

発行人／立川義剛
編集人／吉田憲生
編集／山口久美子

発行所／株式会社　小学館
〒101-8001　東京都千代田区一ツ橋２－３－１
電話／編集　03-3230-5105
販売　03-5281-3555

印刷・製本／加藤製版印刷株式会社

デザイン／黒木香＋ベイブリッジ・スタジオ

Printed in Japan　　ISBN　978-4-09-231260-9
JASRAC 出 1809183-801

★「小学館ジュニア文庫」を読んでいるみなさんへ★

この本《ほん》の背《せ》にあるクローバーのマークに気《き》がつきましたか？

オレンジ、緑《みどり》、青《あお》、赤《あか》に彩《いろど》られた四《よ》つ葉《ば》のクローバー。これは、小学館《しょうがくかん》ジュニア文庫《ぶんこ》のマークです。そして、それぞれの葉《は》の色《いろ》には、私《わたし》たちがジュニア文庫《ぶんこ》を刊行《かんこう》していく上《うえ》で、みなさんに伝《つた》えていきたいこと、私《わたし》たちの大切《たいせつ》な思《おも》いがこめられています。

オレンジは愛《あい》。家族《かぞく》、友達《ともだち》、恋人《こいびと》。みなさんの大切《たいせつ》な人《ひと》たちを思《おも》う気持《きも》ち。まるでオレンジ色《いろ》の太陽《たいよう》の日差《ひざ》しのように心《こころ》を暖《あたた》かにする、人《ひと》を愛《あい》する気持《きも》ち。

緑《みどり》はやさしさ。困《こま》っている人《ひと》や立場《たちば》の弱《よわ》い人《ひと》、小《ちい》さな動物《どうぶつ》の命《いのち》に手《て》をさしのべるやさしさ。緑《みどり》の森《もり》は、多《おお》くの木々《きぎ》や花々《はなばな》、そこに生《い》きる動物《どうぶつ》をやさしく包《つつ》み込《こ》みます。

青《あお》は想像力《そうぞうりょく》。芸術《げいじゅつ》や新《あたら》しいものを生《う》み出《だ》していく力《ちから》。立場《たちば》や考《かんが》え方《かた》、国籍《こくせき》、自分《じぶん》とは違《ちが》う人《ひと》たちの気持《きも》ちを思《おも》い、協力《きょうりょく》しあうことも想像《そうぞう》の力《ちから》です。人間《にんげん》の想像力《そうぞうりょく》は無限《むげん》の広《ひろ》がりを持《も》っています。まるで、どこまでも続《つづ》く、澄《す》みきった青《あお》い空《そら》のようです。

赤《あか》は勇気《ゆうき》。強《つよ》いものに立《た》ち向《む》かい、間違《まちが》ったことをただす気持《きも》ち。くじけそうな自分《じぶん》の弱《よわ》い気持《きも》ちに立《た》ち向《む》かうことも大《おお》きな勇気《ゆうき》です。まさにそれは、赤《あか》い炎《ほのお》のように熱《あつ》く燃《も》え上《あ》がる心《こころ》。

四《よ》つ葉《ば》のクローバーは幸《しあわ》せの象徴《しょうちょう》です。愛《あい》、やさしさ、想像力《そうぞうりょく》、勇気《ゆうき》は、みなさんが未来《みらい》を切《き》りひらき、幸《しあわ》せで豊《ゆた》かな人生《じんせい》を送《おく》るためにすべて必要《ひつよう》なものです。

体《からだ》を成長《せいちょう》させていくために、栄養《えいよう》のある食《た》べ物《もの》が必要《ひつよう》なように、心《こころ》を育《そだ》てていくためには読書《どくしょ》がかかせません。みなさんの心《こころ》を豊《ゆた》かにしていく本《ほん》を一冊《さつ》でも多《おお》く出《だ》したい。それが私《わたし》たちジュニア文庫編集部《ぶんこへんしゅうぶ》の願《ねが》いです。

みなさんのこれからの人生《じんせい》には、困《こま》ったこと、悲《かな》しいこと、自分《じぶん》の思《おも》うようにいかないことも待《ま》ち受《う》けているかもしれません。どうか「本《ほん》」を大切《たいせつ》な友達《ともだち》にしてください。どんな時《とき》でも「本《ほん》」はあなたの味方《みかた》です。そして困難《こんなん》に打《う》ち勝《か》つヒントをたくさん与《あた》えてくれるでしょう。みなさんが「本《ほん》」を通《つう》じ素敵《すてき》な大人《おとな》になり、幸《しあわ》せで実《みの》り多《おお》い人生《じんせい》を歩《あゆ》むことを心《こころ》より願《ねが》っています。

小学館ジュニア文庫編集部

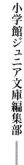

★小学館ジュニア文庫★ ワクワク、ドキドキがいっぱいのラインナップ

〈ジュニア文庫でしか読めないオリジナル〉

アイドル誕生！ ～こんなわたしがAKB48に!?～

いじめ 14歳のMessage
お悩み解決！ ズバッと同盟 長女VS妹、仁義なき戦い!?
お悩み解決！ ズバッと同盟 おしゃれコーデ、対決!?
緒崎さん家の妖怪事件簿
緒崎さん家の妖怪事件簿 桃×団子パニック！
緒崎さん家の妖怪事件簿 狐×迷子パレード！
緒崎さん家の妖怪事件簿 月×姫ミラクル！
華麗なる探偵アリス&ペンギン
華麗なる探偵アリス&ペンギン ワンダー・チェンジ！
華麗なる探偵アリス&ペンギン ミラー・ラビリンス
華麗なる探偵アリス&ペンギン サマー・トレジャー
華麗なる探偵アリス&ペンギン トラブル・ハロウィン
華麗なる探偵アリス&ペンギン ペンギン・パニック！
華麗なる探偵アリス&ペンギン ミステリアス・ナイト
華麗なる探偵アリス&ペンギン アリスVS.ホームズ
華麗なる探偵アリス&ペンギン アラビアン・デート
華麗なる探偵アリス&ペンギン パーティ・パーティ
華麗なる探偵アリス&ペンギン ホームズ・イン・ジャパン
きんかつ！
きんかつ！ 恋する妖怪と舞姫の秘密
ギルティゲーム
ギルティゲーム stage2 無限駅からの脱出
ギルティゲーム stage3 ベルセポネー号の悲劇
ギルティゲーム stage4 ギロンパ帝国へようこそ！
ギルティゲーム stage5 黄金のナイトメア

銀色☆フェアリーテイル ①あたしだけが知らない街
銀色☆フェアリーテイル ②きみだけに贈る歌
銀色☆フェアリーテイル ③夢、それぞれの未来
ぐらん×ぐらんぱ！ スマホジャック
ぐらん×ぐらんぱ！ スマホジャック ～恋の一騎打ち～

さよなら、かぐや姫～月とわたしの物語～
12歳の約束
女優猫あなご
白魔女リンと3悪魔
白魔女リンと3悪魔 フリージング・タイム
白魔女リンと3悪魔 レイニー・シネマ
白魔女リンと3悪魔 スター・フェスティバル
白魔女リンと3悪魔 ダークサイド・マジック
白魔女リンと3悪魔 フルムーン・パニック
白魔女リンと3悪魔 エターナル・ローズ
白魔女リンと3悪魔 ミッドナイト・ジョーカー
天才発明家ニコ&キャット
天才発明家ニコ&キャット キャット、月に立つ！
謎解きはディナーのあとで
謎解きはディナーのあとで2
のぞみ、出発進行!!
バリキュン!!
ホルンペッター
ぼくたちと駐在さんの700日戦争 ベスト版 闘争の巻
さくら×ドロップ レシピ1：チーズハンバーグ
ちえり×ドロップ レシピ1：マカロニグラタン
みさと×ドロップ レシピ1：チェリーパイ

ミラチェンタイム☆ミラクルらみぃ
メデタシエンド。～ミッションはおとぎ話のお姫さま……のメイド役!?～
メデタシエンド。～ミッションはおとぎ話の赤ずきん……の猟師役!?～
もしも私が【星月ヒカリ】だったら。
ゆめ☆かわ　ここあのコスメボックス
ゆめ☆かわ　ここあのコスメボックス　ヒミツの恋とナイショのモデル
ゆめ☆かわ　ここあのコスメボックス　恋のライバルとファッションショー

夢は牛のお医者さん
螺旋のプリンセス
わたしのこと、好きになってください。

〈思わずうるうる…感動ストーリー〉

奇跡のパンダファミリー～愛と涙の子育て物語～

きみの声を聞かせて　猫たちのものがたり―まぐ・ミクロ・まる―
こむぎといつまでも―余命宣告を乗り越えた奇跡の猫ものがたり―
天国の犬ものがたり～ずっと一緒～
天国の犬ものがたり～わすれないで～
天国の犬ものがたり～未来～
天国の犬ものがたり～夢のバトン～
天国の犬ものがたり～ありがとう～
天国の犬ものがたり～天使の名前～
天国の犬ものがたり～僕の魔法～
天国の犬ものがたり～笑顔をあげたい～
動物たちのお医者さん
わさびちゃんとひまわりの季節

〈発見いっぱい！　海外のジュニア小説〉

シャドウ・チルドレン1　絶対に見つかってはいけない
シャドウ・チルドレン2　絶対にだまされてはいけない

次はどれにする？　おもしろくて楽しい新刊が、続々登場!!

★小学館ジュニア文庫★ ワクワク、ドキドキがいっぱいのラインナップ

〈話題の映画&アニメノベライズシリーズ〉

アイドル×戦士 ミラクルちゅーんず！
あさひなぐ
兄に愛されすぎて困ってます
一礼して、キス
イナズマイレブン アレスの天秤 1
イナズマイレブン アレスの天秤 2
イナズマイレブン アレスの天秤 3

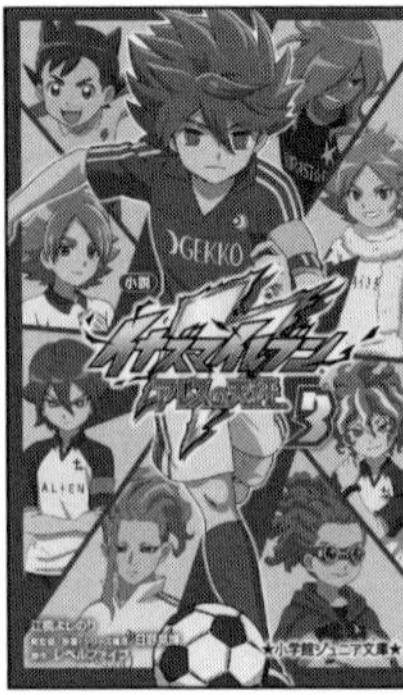

海街diary
映画くまのがっこう パティシエ・ジャッキーとおひさまのスイーツ
映画プリパラ み～んなのあこがれ♪ レッツゴー☆プリパリ
映画妖怪ウォッチ 空飛ぶクジラとダブル世界の大冒険だニャン！
映画妖怪ウォッチ シャドウサイド 鬼王の復活

おまかせ！みらくるキャット団 ～マミタス、みらくるするのナ～
小説 おそ松さん 6つ子とエジプトとセミ
怪盗グルーの月泥棒
怪盗グルーのミニオン危機一発
怪盗グルーのミニオン大脱走

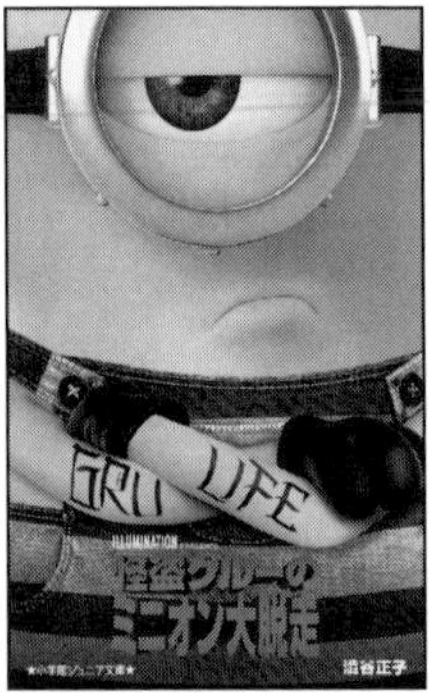

ミニオンズ
怪盗ジョーカー 開幕！ 怪盗ダーツの挑戦!!
怪盗ジョーカー 追憶のダイヤモンド・メモリー
怪盗ジョーカー 闇夜の対決！ ジョーカーVSシャドウ
怪盗ジョーカー 銀のマントが燃える夜
怪盗ジョーカー ハチの記憶を取り戻せ！
怪盗ジョーカー 解決！ 世界怪盗ゲームへようこそ!!
がんばれ！ ルルロロ
境界のRINNE 謎のクラスメート
境界のRINNE 友だちからで良ければ
境界のRINNE ようこそ地獄へ！

くちびるに歌を
劇場版アイカツ！
劇場版ポケットモンスター キミにきめた！
劇場版ポケットモンスター みんなの物語
心が叫びたがってるんだ。
坂道のアポロン
貞子VS伽椰子
真田十勇士
ザ・マミー 呪われた砂漠の王女
ジュラシックワールド 炎の王国
ジュラシックワールド O
SING シング
シンドバッド 空とぶ姫と秘密の島
シンドバッド 真昼の夜とふしぎの門
呪怨―ザ・ファイナル―
呪怨―終わりの始まり―
小説 映画ドラえもん のび太の宝島
スナックワールド
スナックワールド メローラ姫を救え！
スナックワールド 大冒険はエンドレスだ！

世界からボクが消えたなら　映画「世界から猫が消えたなら」キャベツの物語
世界から猫が消えたなら
世界の中心で、愛をさけぶ
トムとジェリー　シャーロック　ホームズ
NASA超常ファイル　～地球外生命からの挑戦状～
二度めの夏、二度と会えない君
8年越しの花嫁　奇跡の実話
バットマンvsスーパーマン　エピソード0　クロスファイヤー
花にけだもの
響―HIBIKI―

ペット
ぼくのパパは天才なのだ　「深夜！天才バカボン」ハジメちゃん日記
ボス・ベイビー
ポケモン・ザ・ムービーXY　破壊の繭とディアンシー
ポケモン・ザ・ムービーXY　光輪の超魔神フーパ
ポケモン・ザ・ムービーXY&Z　ボルケニオンと機巧のマギアナ
ポッピンQ
まじっく快斗1412　全6巻
未成年だけどコドモじゃない
MAJOR 2nd　1　二人の二世
MAJOR 2nd　2　打倒！東斗ボーイズ
ラスト・ホールド！
レイトン　ミステリー探偵社　～カトリーのナゾトキファイル～1
レイトン　ミステリー探偵社　～カトリーのナゾトキファイル～2
レイトン　ミステリー探偵社　～カトリーのナゾトキファイル～3
レイトン　ミステリー探偵社　～カトリーのナゾトキファイル～4

〈この人の人生に感動！人物伝〉
井伊直虎　～民を守った女城主～
西郷隆盛　敗者のために戦った英雄

杉原千畝
ルイ・ブライユ　暗闇に光を灯した十五歳の点字発明者

次はどれにする？　おもしろくて楽しい新刊が、続々登場!!

★小学館ジュニア文庫★ ワクワク、ドキドキがいっぱいのラインナップ

〈大好き！ 大人気まんが原作シリーズ〉

ある日 犬の国から手紙が来て
いじめ―いつわりの楽園―
いじめ―学校という名の戦場―
いじめ―引き裂かれた友情―
いじめ―過去へのエール―
いじめ―うつろな絆―
いじめ―友だちという鎖―
いじめ―行き止まりの季節―
いじめ―闇からの歌声―
いじめ―勇気の翼―
エリートジャック!! めざせ、ミラクル大逆転!!
エリートジャック!! ミラクルガールは止まらない!!
エリートジャック!! 相川ユリアに学ぶ 毎日が絶対ハッピーになる100の名言
エリートジャック!! ミラクルチャンスをつかまえろ!!
エリートジャック!! 発令！ミラクルプロジェクト！
オオカミ少年♥こひつじ少女 わくわく♪どうぶつワンだーらんど！
オオカミ少年♥こひつじ少女 お散歩は冒険のはじまり

おはなし！コウペンちゃん

おはなし 猫ピッチャー ミー太郎、ニューヨークへ行く！の巻
おはなし 猫ピッチャー 空飛ぶマグロと時間をうばわれた子どもたちの巻
終わる世界でキミに恋する ～星空の贈りもの～
キミは宙のすべて―たったひとつの星―
キミは宙のすべて―ヒロインは眠れない―
キミは宙のすべて―君のためにできること―
キミは宙のすべて―宙いっぱいの愛をこめて―
小林が可愛すぎてツライっ!! 放課後が過激すぎてヤバイっ!!
小林が可愛すぎてツライっ!! 好きが加速しすぎてパないっ!!

思春期♡革命 ～カラダとココロのハジメテ～
12歳。～だけど、すきだから～
12歳。～てんこうせい～
12歳。～きみのとなり～
12歳。～そして、みらい～
12歳。～おとなでも、こどもでも～
12歳。～いまのきもち～
12歳。～まもりたい～
12歳。～すきなひとがいます～

12歳。アニメノベライズ ～ちっちゃなムネのトキメキ～全8巻